傣族英雄史诗

၂ သာ ၀ၠိ

乌莎巴罗

第六卷

主编◎西双版纳傣族自治州少数民族研究所

主持翻译◎岩　香

整理◎罗俊新

主审◎刀世勋　祜巴龙庄勐

本卷绘画◎周　军

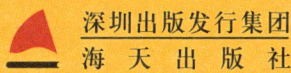

目录

第六卷

第六十一章	众仙妻和睦相处	帕农板求爱公主	1403
第六十二章	美公主接受求爱	帕农板喜得娇妻	1427
第六十三章	行善积德救穷人	感动天神送仙子	1457
第六十四章	韦罗哈抢夺乌莎	帕亨达发兵讨伐	1479
第六十五章	战妖魔同仇敌忾	韦罗哈战死沙场	1515
第六十六章	盟军凯旋回故国	布施行善得好报	1557
第六十七章	表兄表妹结良缘	王族血统代代传	1581
第六十八章	求婚不成动干戈	王爷计退侵略者	1591
第六十九章	王爷仙逝名永存	举国哀悼祭英灵	1611
第 七 十 章	帕亨达家族兴旺	勐邦果王位世袭	1625

尾　声 ·· 1635

后　记 ·· 1645

帕农板国王用图画表白求爱愿望——第六十一章

帕农板与婻西丽芭都玛公主 —— 第六十二章

天神给他们送来仙子 ——第六十三章

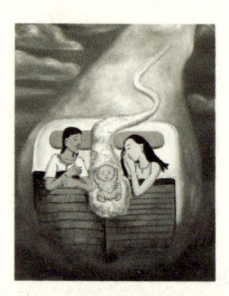

韦罗哈用龙卷风卷走正在采花的乌莎
———第六十四章

韦罗哈中箭命绝——第六十五章

盟军凯旋回到家乡——第六十六章

王子与公主结婚，接受拴线祝福——第六十七章

勐邦果联军迎战十勐联军——第六十八章

王爺被放在檀香木柴上火葬　——第六十九章

帕亨达家族兴旺，王位代代相传——第七十章

第六十一章
众仙妻和睦相处
帕农板求爱公主

请听吧，妹妹呵，
你就像那绿叶下的花朵，
整天喜笑颜开尽情怒放，
没有任何忧愁和困惑。

现在哥要继续把故事讲述，
让人们都知晓古老传说，
让这个古老故事代代相传，
像湄南荒河水长流不辍。

菩提萨要普济众生，
能分清善恶不让泥沙混杂，
这个故事流传久远，
说的是古时的菩提萨。

菩提萨转生为帕巴罗，
他的故事被传颂至今，
当帕巴罗带领众将士，
回到勐邦果后就更忙碌。

帕巴罗一进王宫，
他的四位爱妻就围上来，
迎接久别夫君，
她们对夫君说：

"大王啊，
奴的夫君，
托无边的福运哟，
奴的夫君终于把家还。"

她们个个都喜笑颜开,
她们个个都忙碌起来,
拿出绸缎铺设宝座,
再恭请丈夫坐在宝座上。

当仙女们服侍好夫君之后,
这才发现身边的婻乌莎姑娘,
她们上前拉着婻乌莎的手,
就像亲姐妹一样亲密无间。

姐妹们围坐在帕巴罗身边,
彼此谈笑风生笑逐颜开,
关于婻乌莎仙女的消息,
她们早就知晓没感意外。

她们用亲切的语言询问,
对婻乌莎公主问长问短:
"婻乌莎公主呀好妹妹,
终于把你们给盼回来。

"夫君娶你的事早就听说,
但只听楼梯响不见人下来,
今天终于见到妹妹回来了,
能一块服侍夫君也是缘分。

"夫君得到婻乌莎仙女,
我们每天都在盼,
等待夫君巴罗哥,
把妹妹你带回家乡。

"今天呀姐妹们有福气,
终于把你们给盼回来了,
我们感到万分高兴,
让我们共同服侍夫君。"

英俊的帕巴罗在一旁听,
他深情地对五位仙女说:
"仙女们呀,哥的爱妻,
你们都是哥心爱的妹妹。

请听吧，妹妹呵，
你就像那绿叶下的花朵，
整天喜笑颜开尽情怒放，
没有任何忧愁和困惑。

现在哥要继续把故事讲述，
让人们都知晓古老传说，
让这个古老故事代代相传，
像湄南荒河水长流不辍。

菩提萨要普济众生，
能分清善恶不让泥沙混杂，
这个故事流传久远，
说的是古时的菩提萨。

菩提萨转生为帕巴罗，
他的故事被传颂至今，
当帕巴罗带领众将士，
回到勐邦果后就更忙碌。

帕巴罗一进王宫，
他的四位爱妻就围上来，
迎接久别夫君，
她们对夫君说：

"大王啊，
奴的夫君，
托无边的福运哟，
奴的夫君终于把家还。"

她们个个都喜笑颜开,
她们个个都忙碌起来,
拿出绸缎铺设宝座,
再恭请丈夫坐在宝座上。

当仙女们服侍好夫君之后,
这才发现身边的婻乌莎姑娘,
她们上前拉着婻乌莎的手,
就像亲姐妹一样亲密无间。

姐妹们围坐在帕巴罗身边,
彼此谈笑风生笑逐颜开,
关于婻乌莎仙女的消息,
她们早就知晓没感意外。

她们用亲切的语言询问,
对婻乌莎公主问长问短:
"婻乌莎公主呀好妹妹,
终于把你们给盼回来。

"夫君娶你的事早就听说,
但只听楼梯响不见人下来,
今天终于见到妹妹回来了,
能一块服侍夫君也是缘分。

"夫君得到婻乌莎仙女,
我们每天都在盼,
等待夫君巴罗哥,
把妹妹你带回家乡。

"今天呀姐妹们有福气,
终于把你们给盼回来了,
我们感到万分高兴,
让我们共同服侍夫君。"

英俊的帕巴罗在一旁听,
他深情地对五位仙女说:
"仙女们呀,哥的爱妻,
你们都是哥心爱的妹妹。

"哥要向你们表白,
你们的美貌都一样,
谁也不比谁差,
个个都长得秀丽端庄。

"你们微笑时都很好看,
个个脸上都泛着红晕,
你们迷人的身材都一样,
每个人都有同样的体香。

"哥对你们的爱呀都一样多,
哥对你们的情呀都一样真,
哥哥我不像游水的蛇,
哥哥不偏爱任何人。

"哥对你们的情意啊,
像宫殿棱角的花边图案,
两边对称一样的均匀,
畸轻畸重的事哥不会干。

"哥要向妹妹们做保证,
哥给妹妹们的爱都一样,
请妹妹们看哥的实际行动,
哥哥不会让你们失望。

"各位妹妹呀,
你们都是神仙女,
千万莫争风吃醋,
千万不可以争吵。

"要互相忍让莫发怒,
和睦相处国家才能兴旺,
哥哥的嘱咐请妹妹牢记,
这样哥才能专心当国王。"

五位仙女听后频频点头,
个个答应帕巴罗的请求,
花一样的嫡玛娜维佳,
她对帕巴罗夫君说道:

"大王呵,奴的巴罗哥,
您对奴的教导很好,
小奴们心中亮堂您放心,
小奴们都是仙女懂得情理。

"姐妹之间吵架的事呀,
绝对不可能发生,
争风吃醋的事更免谈,
请哥不可把精力分散。

"我们都是神仙身,
时时刻刻守戒律,
没有烦恼和贪欲,
不生气来不嗔怒。"

她们用真情回答夫君,
帕巴罗心花怒放,
他对五个妻子很满意,
他为有好妻子而自豪。

他开心地对众妻说:
"哥的宝贝妹妹们哟,
哥哥现在呀很开心,
哥哥现在呀没忧虑。"

巴罗安排五位仙妻,
每夜轮流与他相伴,
让她们有同等机会侍奉夫君,
这样的安排大家都没意见。

丙比桑国王还要办一件事,
准备为婻乌莎公主加冕,
加冕仪式在娘家办还不完整,
夫家举办后才能算正式夫妻。

丙比桑要让她做巴罗的王后,
他吩咐大臣们抓紧去筹办,
为巴罗同婻乌莎拴线成婚,
还要他们快去把王爷请来。

首辅大臣接到国王的命令,
　　就派遣布里萨大臣出发,
　　　　前往勐达腊迦王城,
　　恭请帕亨达王爷来参加。

布里萨大臣到了勐达腊迦,
　　　　拜见帕亨达王爷说:
　　　　　　"奴的王爷呀,
奴受丙比桑王之命来请王爷。

　　"恭请王爷您去勐邦果,
丙比桑王要为王子办喜事,
　　帕巴罗迎娶嫡乌莎姑娘,
　　　　隆重举行加冕典礼。"

　　帕亨达王爷听后很开心,
　　帕巴罗是他掌上明珠,
　　　他做了一番准备之后,
　　坐上他的吉祥大象前往。

　　　　大臣们还吩咐使者,
　要写信去通知所有亲戚,
　　　请一百零一勐的王亲,
　　　都来参加加冕大典。

　　　　使者接受命令之后,
　　急忙把国书送达各勐,
　　六万位帕雅收到消息,
他们匆匆赶到勐邦果城。

　　　　八方宾客涌进王城,
只为祝福巴罗迎娶嫡乌莎,
　　帕亨达请来婆罗门国师,
　　　　要他们推算吉祥日。

　　婆罗门经过一番推算后,
　　找到了一个吉利的好日子,
　　他们选定的日子最吉祥,
正是月亮转到大星宿之位。

到了吉日的那一天，
帕亨达亲自指挥，
他带领王官进入大堂，
举行隆重的加冕典礼。

为乌莎仙女灌顶加冕，
赐封她为正宫王后，
这是老王爷的主意，
四位仙女都很开心。

婆罗门敬献祝词：
"最负声誉的君王呀，
今天是吉祥的好日子，
祝愿吉祥平安永相伴。

"所有的灾难啊请远离两位君王，
愿君王名扬天下更有威望，
愿八方臣民都来归顺，
愿君王能战胜一切敌人。

"愿两位君王福禄满身，
年寿长达九百万岁！
愿两位君王没有烦恼，
恩恩爱爱永远如今天。"

众帕雅和大臣官员，
还有婆罗门和富翁，
都敬献了带来的礼物，
诚心诚意献给两位王者。

加冕仪式结束之后，
帕亨达随即发布命令，
举行隆重的庆祝活动，
让所有的人都来参加。

全国民众接到命令后，
都穿上节日的盛装，
打扮得漂漂亮亮，
赶来参加庆祝活动。

乐手们奏响各种乐器，
王宫内外热闹非凡，
各种乐器配在一起，
演奏出动人心弦的乐章。

姑娘们翩翩起舞，
小伙子翻起跟斗，
有的表演爬刀梯，
有的表演倒立行走。

人们观看各种各样表演，
大伙乐得前仰后合，
庆祝活动七天结束，
人们互相告别把家返。

请听吧，
面颊粉红的妹妹哟，
你美丽的容貌好比纯金浇铸，
洁净明亮闪闪发光。

哥哥我呀很仰慕你，
想在寒冷的一月见到你，
想和妹像恋人一样拥抱，
体验你温柔胸怀的暖意。

远方的阿哥们呀，
也争相前来求亲，
哥哥我呀也不甘落后，
也想去追求妹妹你。

想同你做最后的恋人，
可惜啊哥有不祥预感，
妹妹你的心意不向着哥，
真这样你说哥该怎么办？

现在啊，
哥哥要把故事往下讲，
哥要讲的内容啊，
有关帕农板大王。

他想娶婻西丽芭都玛做王后,
他对她爱得很深,
讲故事得有个前因后果,
听故事的人也不必太紧张。

话说勐迦湿国王帕农板,
登基后放开手脚大干,
他能细心听取大家意见,
办事稳妥国家兴旺。

转眼到了傣历新年,
农板非常惦记帕亨达王爷,
他准备去看望干爷爷,
向他禀报治理国家的情况。

他准备了许许多多礼品,
每样礼品都备足一百件,
在三千卫兵的护卫下,
他亲自率领群臣前往。

帕农板到达勐达腊迦王城,
受到王爷臣官的热烈欢迎,
帕亨达王爷亲切接见帕农板,
帕农板献上盛满礼品的圣盘。

圣盘上装着鲜花和蜡条,
象征着生活美好和吉祥,
当帕农板来到王爷面前,
他满脸微笑心情舒畅。

帕亨达王爷很喜爱干孙子,
对他无限信任寄予厚望,
他愉快地收下送来的礼品,
接下帕农板敬献的圣盘。

这时帕巴罗的妹妹,
也正好前来看望爷爷,
妹妹名叫婻西丽芭都玛,
她长相秀丽行为端庄。

帕农板看到这位美丽少女,
不由自主地看傻了眼,
他忘了自己正在献礼,
目不转睛心潮荡漾。

帕农板与她没见过面,
一下子被迷得神魂颠倒,
帕农板献礼后走出宫殿,
心里总忘不掉这位姑娘。

帕农板回到了勐迦湿家乡,
他日夜想念婻西丽芭都玛,
她像一朵盛开的美丽荷花,
在帕农板的心里绽放。

美丽的公主像一块磁铁,
深深吸引着帕农板,
她又像一只可爱的金凤凰,
在帕农板心里翱翔。

帕农板每时每刻想着她,
想得如痴如醉吃饭不香,
帕农板每时每刻都想见到她,
想得彻夜未眠望眼欲穿。

婻西丽芭都玛心地善良,
她的心软得像团棉花,
她的脸像一朵红玫瑰,
她细小的腰身像蜜蜂一般。

婻西丽芭都玛有美丽的风姿,
她的胸脯像金葱一样饱满,
她的眼眸像闪光的珍珠,
她走路像只金蝴蝶在飞翔。

婻西丽芭都玛说话轻声细语,
语调如同用金二胡拉奏乐章,
她的鼻梁高高耸立,
如同刚出土的金笋一样。

喃西丽芭都玛的皮肤嫩白，
她的手臂就像芭蕉心茎，
她的大腿像天上的白云，
她的手指像香蕉般饱满。

喃西丽芭都玛的脚板也很洁白，
她像水晶石一样好看，
她的两片嘴唇红彤彤，
好像两片薄薄的玫瑰花瓣。

喃西丽芭都玛的牙齿很整齐，
好像打磨过的钻石一样平整，
她的脖颈像白鹭一样迷人，
她不愧是天上的仙女下凡。

思念姑娘的心难以平静，
农板的灵魂已飞到她身旁，
帕农板已无心思办事，
上朝理政他手忙脚乱。

帕农板整天心神不定，
帕农板整天坐立不安，
喃西丽芭都玛令他入迷，
芭都玛成为他生命一半。

他想娶她做王后，
他要同她同床共枕，
他要同她朝夕相处，
他要她形影不离他的身旁。

他突然想出一个办法，
拿起金笔写了一封信函，
他还绘制一幅图画，
用图画表白自己愿望。

这幅画中有一对龙凤，
双双栖息在一棵桂花树上，
龙凤躲在一个窝巢里，
龙凤深情地对视凝望。

画中还画了他自己,
又画了嫡西丽芭都玛姑娘,
两人紧紧地搂在一起,
一块欢乐地躺在床上。

帕农板思念姑娘的心,
起初只敢在心里埋藏,
思念的次数日渐增多,
心里秘密便浮现在脸上。

帕农板叫来大臣,
把心里话对他们讲,
他想请他们出主意,
他要大臣们帮忙。

"我忠诚的各位大臣啊,
最近本王心里总不安,
我在思念着一个人,
她就是嫡西丽芭都玛姑娘。

"我已经深深地爱上她,
我已经无法把她忘记,
我想娶她当王后,
你们说我该怎么办?"

众大臣听了国王的话,
纷纷发表自己的主张,
他们绞尽脑汁地想计策,
最后大家统一了思想。

"国王有这种想法很正常,
娶芭都玛为王后是好事一桩,
国王应给她写一封信,
表明爱心把她试探。"

大臣们的意见符合帕农板的本意,
一锤定音不用再商量,
大臣们的话才一出口,
他就迫不及待地把话接上:

"对对对这是个好主意,
本王就按这个意见办,
要主动向她求婚,
这才像个男子汉。"

他立即动笔画了一幅画,
画他和嫡西丽芭都玛姑娘,
他俩深情对视,
依偎着坐在金床上。

他画好后装上镜框,
还用金色线条贴在画旁,
镜框做得很精致,
还用红绸布铺垫。

他还准备了贵重礼物,
挑选几位大臣为求婚使团,
礼品中有纯金制作的镯子,
总价值高达黄金十万两。

礼品中还有钻石戒指,
有纯金制作的项链,
有纯金制作的耳环,
还有镶着金丝银线的花筒裙。

大臣们带着礼物礼金,
随同前往的还有美女三千,
提亲的人都精心打扮,
还在家里进行训练。

脑袋灵活的使臣和宫女,
途中小心谨慎不敢大意,
他们由带兵器的军队护卫,
预防途中遇到抢劫的坏蛋。

他们来到勐邦果王城,
先在客栈里住一晚,
长途跋涉很劳累,
休整后才有精神见国王。

马帮卸下贵重的礼物,
美女们梳妆打扮,
准备好后才通报首辅大臣,
表明要亲自求见国王。

勐邦果大臣出来迎接,
宾主见面后寒暄一番,
他们按礼仪欢迎贵宾,
使客人有宾至如归之感。

使臣全都训练有素,
他们把礼品摆上圣盘,
美女们端着圣盘慢步前行,
大臣走上前拜见丙比桑老国王。

按照礼节向大王合掌致意,
献上的圣盘摆着金蜡条两双,
这些礼品全是提亲的规矩,
主人一看就知道客人来意。

大臣先请求老国王宽恕,
再将来意向丙比桑王讲,
他们期望能得到国王支持,
让有情人结成良缘。

丙比桑老国王直言快语,
他从不隐瞒自己的意见,
男大当婚女大当嫁,
青年人有缘分不能拆散。

"要是情况果真如此的话,
我当然不会棒打鸳鸯,
各位使臣可以带上礼物,
去见小公主看她有何打算。

"如果她知道有人求婚,
而且新郎官是帕农板,
这个年轻人是个有德行的人,
我想公主也许会喜欢。"

机灵的使臣听完国王的话，
向国王施礼后走出王宫殿堂，
回到他们住宿的客栈，
商量下一步的行动方案。

年老干练的使臣，
主动把任务承担，
他带上见面礼物，
去到公主塔楼求见。

此时的婻西丽芭都玛公主，
正与宫女们在玩耍，
老臣见到美丽的公主，
不禁赞叹她的美貌。

本来是很机灵的大臣，
此时也看傻了眼，
待他猛醒过来的时候，
已经有失体面出了洋相。

他突然意识到重任在肩，
才急忙送上礼物圣盘，
他双手递上蜡条，
还有帕农板的求婚信函。

使臣按照帕农板的交代，
将他的情况向公主介绍，
希望能得到公主的喜欢，
成全帕农板国王的心愿。

婻西丽芭都玛落落大方，
不像大家闺秀那样腼腆，
她很有礼貌地请老臣坐下，
向他了解有关情况：

"你们国王今年岁数多大？
从画面上看挺年轻，
他怎会把我画在他身边，
我弄不清其中的含意？"

老臣听后急忙施礼,
他明白这是说话的时机,
能否成功要看他的本事,
他立即回答公主提出的问题:

"我们的国王帕农板,
年龄同帕巴罗相仿,
正好十八岁零三个月,
比令兄大一岁多一点。

"他的相貌和肥瘦,
同画上一个样,
老臣说的全是实话,
绝没有半句话撒谎。

"自从他登基做大王,
治国有方美名天下扬,
奴等的大王还没有王后,
王亲们都为大王发愁。

"为此在六万位帕雅家中挑选,
选择了帕雅因达巴的姑娘,
这个公主名叫嫡西丽婉娜,
她是王妃侍奉大王起居。

"奴等的大王品行优秀,
奴等的大王聪明善良,
他爱护黎民百姓,
心胸宽广总为别人着想。

"大王还有一个大优点,
他持守五戒和八戒,
信奉神圣的三宝,
他虔诚地赕佛念经。

"他讲话总是轻声细语,
从来不对任何人发脾气,
他总是面带微笑才开口,
民众对他评价很高。"

婻西丽芭都玛听后微笑,
对老臣提亲不置可否,
其实她心中已经有数,
故意推说自己不能做主。

"聪明的使臣大人啊,
你的话我并不怀疑,
只是我自己不能拿主意,
婚姻大事要慎重考虑。

"你们的礼物我暂时不能收,
收下礼物等于成定局,
我还要征求父母意见,
能否答应父母才有权力。

"如果父王同意他会点头,
如果母后支持她会示意,
父母同意了婚姻才美满,
请大人原谅小女别生气。

"根据他的年龄和地位,
如果有缘分一定是天意,
缘分之事谁也不能阻挡,
天意天成只能顺其自然。

"但是如果父王不赞成,
母后不支持这事就难办,
只凭这封信和画像美梦难圆,
弄不好你们会白白跑一趟。

"请大人耐心等待,
先嚼着槟榔坐一坐,
我去禀告父王母后,
征求长辈对这事的意见。"

随后她领着众多女仆,
走下宫楼到王宫找父王,
她向父母跪下合掌施礼,
把农板求婚事禀告。

她说完后跪着不动,
全神贯注静听二老意见,
看父母对这桩婚事的态度,
自己才可以做出决断。

父王和母后没有立即回答,
女儿的婚姻大事非同小可,
那不是赶摆做买卖,
他们要全面考虑细思量。

丙比桑王沉思片刻,
把佣人叫到身旁,
让他去叫帕巴罗,
要他过来一道商谈。

巴罗是婻西丽芭都玛大哥,
他看问题历来很有主见,
他对帕农板又比较了解,
对这桩婚事他有发言权。

帕巴罗来到父王住处,
他已知道父王叫他的意图,
按照傣家人的古老习惯,
他向父母表明自己主张:

"帕农板也是一个国王,
他仪表堂堂气度不凡,
这门婚事可以考虑,
但不知父王母后怎么看?

"勐迦湿是美丽富饶的地方,
它在天下很有名望,
它管辖着一百零一个国家,
让小妹去当王后很合适。"

丙比桑王做事非常细致,
征求儿子意见后又想起父王,
王爷是长辈更有经验,
应该听听他老人家的意见。

此时他心中已有数,
让女儿去做王后是大好事,
这样的好事不应阻拦,
但禀报王爷也理所当然。

他把想法告诉帕巴罗,
叫他到勐达腊迦跑一趟,
老人做事比晚辈稳妥,
由王爷最后做决断。

"王儿到勐达腊迦去一趟,
把帕农板求婚的事向你爷爷讲,
探听你爷爷他老人家的看法,
只怕你爷爷不赞成我们的主张。"

巴罗接受父王交给的任务,
他骑上神马向勐达腊迦飞翔,
不一会就到达爷爷的王宫,
叩拜王爷后把来意细讲。

帕亨达王爷听完之后,
认为这是一桩美事,
女的是他疼爱的亲孙女,
男的是他疼爱的干孙子。

"他俩结婚符合规矩,
如同荷花配荷叶一样,
帕农板国王也是仙人后代,
仙人的子孙联姻很恰当。

"再说帕农板相貌英俊,
他聪明能干武艺高强,
也许是王家后代的缘故,
王家血统一代比一代强。

"勐迦湿同我们这里一样,
应该让西丽芭都玛去配成双,
让他们在那里一起生活,
治理国家造福一方。"

帕巴罗听爷爷如此表态,
大家看法完全一致,
妹妹的婚事大功告成,
他心情舒畅替妹妹高兴。

他接着又征求昆代的意见,
弟弟也说是大好事一桩,
大臣们也都附和赞同,
他此行办事非常圆满。

帕巴罗心里高兴,
和昆代一起把家还,
兄弟俩骑的都是神马,
腾云驾雾快如闪电。

回到勐邦果之后,
兄弟俩一道拜见父王,
帕巴罗先作禀报,
把爷爷的态度细谈。

帕昆代作补充说明,
兄弟俩一唱一和相得益彰,
全家人都同意这门婚事,
婻西丽芭都玛不禁春心荡漾。

她腼腆地用手掩着小嘴,
满脸通红像开放的玫瑰花,
根据父王母后的意见,
她返回宫楼给客人回话。

见到勐迦湿使臣,
她把情况作了说明,
并请客人给予原谅,
让他们在客厅里久等了。

她大方地收下使臣礼品,
使臣顿时满心高兴,
他们圆满完成任务,
国王即将梦想成真。

使臣们回到客栈,
一个个得意洋洋,
他们议论纷纷,
你一言我一语说个没完。

他们说此趟没有白跑,
他们说国王得知会很高兴,
他们说公主实在漂亮,
难怪国王如此着迷。

婻西丽芭都玛拿来一块布帛,
包扎成很好的造型,
这块布帛非常珍贵,
价值高达十万两黄金。

她在布帛上写下情书,
密封后交给使臣,
这情书是无价之宝,
倾注姑娘的满腔热情。

"你们务必将这帛信,
面交帕农板国王手里,
你们要装好不可丢失,
小女在这里拜托各位大臣。"

她还送上一条红毛毯,
使臣明白公主的心情,
他们保证不会丢失,
请公主尽管放心。

使臣立即走下宫楼,
昼夜赶路步履不停,
穿林过河翻山越岭,
一路跋涉非常艰辛。

佛祖世尊讲完这段故事,
深有感触地对比丘们说:
"众比丘啊,
看来农板的求爱很顺利。

"婻西丽芭都玛接受了礼物,
　　实际上就是同意了婚事,
　她送上一条漂亮的红毛毯,
　　还有她给农板的帛信。

"这两件礼物都有象征意义,
　　说明农板求婚大有希望,
　聪明的使臣已经稳操胜券,
忙将公主的信物给农板王送去。"

第六十二章

美公主接受求爱
帕农板喜得娇妻

傣族英雄史诗
乌莎巴罗

ၵႃႇၼူင်းပၢၼ်ႈလႆႈမေးငဝ်ႈ
ၼၢင်းဢုသႃႇပႃႇရေႃႈ

上章故事还没讲完，
前面讲的只是开头一段，
接下来故事要转个方向，
转到勐迦湿的帕农板。

话说使臣带着公主信物，
急忙赶路返回勐迦湿王城，
但两国之间路途遥远，
徒步需要两个月的时间。

帕雅因见到他们着急的样子，
他也想促成这桩美好婚事，
于是向他们伸出了援手，
把路程缩短为七天时间。

这位大臣带了三千士兵，
日夜兼程一路顺利，
既没遇到麻烦也未生病，
七天后就回到了勐迦湿。

他们回到勐迦湿王城，
立即赶到王宫里，
他们拜见国王，
向他大声报喜：

"尊敬的国王啊，
您的福气齐天，
我们此行顺利，
全托您洪福恩赐。"

被派去提亲的大臣，
名叫昆罕，
这人聪明能干，
脑袋反应灵敏。

他把此行的经过，
描绘得活灵活现，
令国王听得入迷，
令国王满心喜悦。

他接着拿出公主帛信，
呈献到国王面前，
他说公主一再吩咐，
要国王亲手接下才放心。

帕农板打开帛信，
所有爱心全在里面，
帕农板认真细读，
一字一句目不转睛。

国王看完帛信，
心里甜蜜如饮甘泉，
他仿佛自己在做梦，
全身轻飘飘心神不定。

过会儿他猛醒过来，
才意识到要赶快办事情，
他召来大总管帕雅，
要他筹办婚礼事项。

"你要通告全勐百姓，
进行全民总动员，
就说国王要筹办婚礼，
人人都要送份爱心。

"你要迅速去筹办，
并传令金库官员，
打开金库备足礼金，
要有一百万两少一两都不行。

"还要拨出一百匹上好绸缎,
　　再挑选最好的师傅,
　　　按照公主的身材,
为公主缝制最美的衣服。

　　"还要筹办一批家具,
　　所有家具都是纯金材质,
　　水壶水缸和锅碗瓢盆,
　　样样都要讲究造型。

　　"造好后要雕龙刻凤,
　　龙凤要刻得栩栩如生,
　　有的还要刻上十二生肖,
　　刻出的生肖要惟妙惟肖。

　　"还要刻上金色团鱼,
　　团鱼的器皿有四个才行,
　　其他图案的各备二十只,
　　二十只都是同样造型。

"这些礼品为什么要二十份?
　　因为公主家有二十个至亲,
　　他们同王族都有血缘关系,
　　　送礼时每家都要平均。

　　"饭桌也应是黄金制作,
　　　饭桌大小要一样才行,
　　还要打制黄金长刀二十把,
　　　每家送一把留作纪念。

　　　"礼金数量也要讲究,
　　　按人头计算也要平均,
　　　　每人送黄金一千两,
　　　男女老少全都一样。"

　　　　帕农板亲自布置,
　　　　礼品的名称由他定,
　　　他要用重礼表达诚意,
　他要让嫡西丽芭都玛开心。

勐迦湿金匠手艺精湛,
制造出来的都是精品,
品种数量一样不能少,
全部交国王验收敲定。

黄金制品的制作费用,
全部计时不按件数算,
因为做工精细很费时,
这样做才能保证质量。

到王宫里做工的金匠,
都很认真不敢怠慢,
虽然一天做不了几件,
但工钱丰厚更合算。

他们感激国王的器重,
他们愿意为国王效劳,
他们觉得国王很慷慨,
他们认为沾了国王的光。

其实到王宫做工历来如此,
这是傣家人的风俗习惯,
王族历来宽厚待人,
这种美德代代相传。

黄金制品做好之后,
宫内大臣又开始奔忙,
每样礼品都分成二十份,
要在上面标明赠送的对象。

金子长刀非常沉重,
要耗去黄金二十万两,
大臣一把一把地搬动,
把它摆放在礼品堆上。

至于送给公主的礼物,
做工和样式更精巧,
金匠师傅好中挑好,
请专门的设计师精心画样。

这部分礼品最昂贵,
样样东西都高档,
不仅设计的样式特别,
而且都增加了数量。

像这样美丽的少女,
除了国王谁能配得上?
平民送不起昂贵的礼品,
做梦也娶不到这样的姑娘。

像这样美丽的少女,
平常小伙子不敢梦想,
谁也不敢上门求婚,
谁也没有那个胆量。

像这样美丽的少女,
向她求婚的只有帕农板,
只有他才有资格娶她,
他是管辖一百零一勐的大王。

一切礼品都分配好,
准备工作已经做完,
国王叫来金库官员,
还有一件事要他们办。

因为送礼需要大批人力,
还要有押运的士兵和军官,
这些人也需要大批费用,
为此他专门调拨军饷。

这些军饷数量也不少,
需要黄金一百万两,
还要白银一千万两,
还有十万头大象。

官员按照国王的旨意,
一件一件地照着去办,
勐迦湿的资金不缺,
全都是先王留下的遗产。

仓库里堆满了金银,
任意使用也花不完,
还可以大量拿去赕佛,
赈灾济民可以很大方。

群臣办事十分认真,
考虑问题也很周到,
他们拥护新国王,
因为他年轻又开朗。

他什么事都亲自安排,
一些事还亲自去做好,
在治理国家的事务中,
他日理万机说到做到。

有些头人住在平坝,
有些头人住在山上,
国王同样记挂他们,
关心他们的生活冷暖。

他给官员和头人发薪俸,
不论住在哪里都一样,
为了鼓励他们尽忠尽职,
每人每年拨给一百万银两。

国王非常注重仪表,
还讲究环境和住房,
尤其是王城要打扫干净,
还要经常粉刷房门和城墙。

这代表一个国家的面貌,
客人来了才会有好印象,
讲究卫生才不会生病,
生活在那里的人心情才舒畅。

为了迎娶婻西丽芭都玛姑娘,
帕农板更加讲究美观,
他要求王宫内外重新装修,
把王城打扮得更加漂亮。

宫内的家具用品重新置换,
给人有一种新鲜感,
大臣们听后觉得有道理,
举双手赞成不会违反。

此后他又写信通知各勐,
通知一百零一个勐的国王,
要他们届时来参加婚礼,
到王城为国王好好捧场。

他指定每个勐来十万人,
又写信通知友好邻邦,
本国的人员和邻国嘉宾,
总共合计有三百四十万。

勐迦湿本国的人员,
就有九十八万之多,
再加上各种勤杂人员,
总计有一百四十万人。

接下来是择日迎亲,
迎娶的日子要吉祥,
他把占卜师召进宫,
要他们认真作推算。

好日子图个吉利,
好时辰图个吉祥,
这样才能避免晦气,
这样才能避免心烦。

占卜师按照国王的意图,
查找历法认真推算,
他们找到了大象日,
说这一天阳光最灿烂。

他们说大象日最吉利,
那天的天空最晴朗,
这样的日子来去都好,
外出办喜事最适当。

良辰吉日找好以后,
王宫的大鼓又咚咚响,
这次的鼓声抑扬有序,
这样的鼓声意味深长。

鼓声告知所有大臣头人,
包括掌权的宫内外大官,
大象日帕农板国王要出发,
要去迎娶美丽的新娘。

这消息传到全国各地,
一直传到二十天路程的地方,
传到了各地方的官府,
告诉人们国王要当新郎。

去勐邦果路途遥远,
走路去会累得腰酸腿软,
途中要经过原始森林,
还要翻越无数的高山。

途中偶尔能见到寨子,
但语言不通说话很难,
吃和住都会成问题,
只能搭草棚露宿过夜晚。

要翻越一座座山,
要经过一个个驿站,
途中也经过一些平坝,
平坝里稻谷飘香。

送聘礼的人走了两个月,
每个人都累得满身大汗,
终于到达勐达腊迦边界,
他们在边界处又住一晚。

农板安排一个先遣队,
先走一步去通知对方,
告诉老王爷他来迎亲,
以免对方感到突然。

老王爷得到消息之后,
　　非常高兴满面红光,
他也急于见这个干孙子,
　　立即派人去迎接帕农板。

老王爷派出大臣带上食品,
　　送到边界上招待客人,
此时太阳已躲进山冈,
　　迎接的大臣也无法返还。

　　宾主一块住了下来,
　　　　等候第二天天亮,
　　天亮才能接着赶路,
　　　　黑夜里辨不明方向。

第二天帕农板率领人马,
　　继续上路向王城赶,
他们走过宽阔平坝,
　　终于到达最后一站。

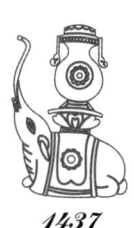

他们走进勐达腊迦王宫,
　　拜见了帕亨达王爷,
他向王爷跪下行礼,
　　说明了此行的来意。

帕亨达王爷听后高兴,
投去了理解和信任的目光,
他用长辈特有的温和口气,
和干孙子农板倾谈:

"远道而来的好孙子啊,
　　你的婚事我早已知道,
它完全符合古老的习惯,
　　符合傣家王法的各项条款。

"明后天你可以前往,
　　去把你的婚事办完,
爷爷衷心祝愿你们,
　　新婚吉祥一切美满。"

拜见老王爷之后,
帕农板在王宫住一晚,
他同爷爷住在一块,
爷孙俩通宵达旦交谈。

他在勐达腊迦住了三天,
然后前往勐邦果王城,
到达王城边的勐道瓦里嘎,
他们又在那里住下。

这是丙比桑王的特意安排,
让他们休息消除疲劳,
丙比桑王给他们预定客栈,
房子都铺好红色地毯。

有些客房铺上花红凉席,
布置得非常雅致美观,
还为客人备齐食用酒菜,
为远方客人提供方便。

陪同帕农板来的宾客,
对主人的安排非常满意,
这充分表明主人的态度,
对国王的器重非同一般。

宾客在一块亲切交谈,
王族之间互相拉家常,
大臣之间也无话不说,
气氛融洽就像家人一样。

彼此谈起话来漫无边际,
海阔天空从地面讲到天上,
好像有说不完的话,
从天黑一直谈到天亮。

第二天天亮的时候,
君臣便分别用早餐,
早餐后整理行李,
此时天空已升起太阳。

大队人马开始出发,
进城晋见丙比桑老国王,
他们带着贵重的礼品,
精神抖擞心情舒畅。

首辅大臣先到王宫拜见国王,
此时婻迪芭玛丽王后也在场,
国王和王后早有准备,
热情欢迎勐迦湿使团。

帕农板派出的大臣,
彬彬有礼拜见国王,
他双手合十跪在地上,
向国王和王后请安:

"尊贵的大王和王后娘娘,
我们各位大臣向你们请安,
祝国王和王后健康长寿,
祝国王和王后平安吉祥。

"你们生活在勐邦果,
这是一个美丽的地方,
你们生活幸福万事如意,
你们福星高照没有灾难。

"此次我们来到贵勐,
目的为了帕农板国王,
前来操办他的婚礼,
恭喜大王和王后娘娘。

"帕农板与婻西丽芭都玛成婚,
为两勐架起一座金桥梁,
这是和睦团结的象征,
是他俩前世结下的姻缘。

"今天他们即将结成连理,
也是父王母后修下的福气,
是祖宗积德带来的善果,
也是两勐百姓的心愿。

"他们俩是天生一对,
他们俩是地造一双,
全勐人民为他俩祝福,
全勐人民为他俩歌唱。

"现在我们带来了礼物,
敬请大王和王后笑纳,
常言道礼轻情意重,
请大王和王后别推让。

"今天是个好日子,
让他俩实现终身愿望,
请求大王和王后成全,
让他俩生活幸福婚姻美满。"

这时丙比桑国王和王后,
心里甜蜜像吃了蜜糖,
因为女儿要成家立业,
实现了父母亲的愿望。

国王收下了客人的礼物,
脸上现出了幸福的容光,
他俩高兴得合不拢嘴,
轻声细语同客人笑谈:

"感谢各位贵客光临,
感谢各位贵客的请安,
近来我们都很好,
没有任何疾病。

"我们享受苍天给的福气,
我们沐浴着上天的阳光,
我们过着幸福的日子,
我们在佛祖保佑下生活美满。

"我们热烈欢迎你们,
欢迎帕农板国王,
欢迎各位随行嘉宾,
欢迎贵国的各位臣官。

"你们远道而来,
　一路风尘历尽艰难,
　　我们向你们表示问候,
　　　祝你们一切吉祥。

"本王代表全勐臣民,
　向远方的贵客请安,
　　希望你们到勐邦果后,
　　　生活愉快身体健康。

"求天神保佑各位嘉宾,
　如心所愿办事圆满,
　　完成婚礼庆典活动,
把本王的公主带回故乡。"

国王向客人问寒问暖,
　使客人有一种亲切感,
　　大臣回到高级客栈,
　　　向帕农板禀报情况。

帕农板听后很高兴,
　办事程序进入第二项,
　　他派大臣去见公主,
把礼物送给心爱的姑娘。

首辅大臣来到宫楼,
　公主也在里面等候,
　　大臣按照傣家规矩,
　　　先施礼再把来意谈:

"高贵的婻西丽芭都玛公主啊,
　　今天的阳光特别灿烂,
　　　喜鹊在房顶上喳喳叫,
　　　　喜事降临到公主头上。

"我等受帕农板王的委托,
　特将礼品送到您宫楼上,
　　这是国王送给您的礼品,
　　　请公主务必笑纳收下。

第六十二章

"这些礼品是国王亲自准备,
它代表了国王的一片心意,
公主无论如何必须收下,
这样臣等才好回去交差。"

公主伸出白嫩的双手,
脸上泛出粉红的容光,
公主含笑收下了礼物,
幸福在她心里荡漾。

按照傣家的古老规矩,
该行的礼节已经做完,
接下来是国王与公主见面,
此时的国王显得紧张。

帕农板把自己精心打扮,
将国王的礼服穿在身上,
他本来就英俊潇洒,
这下更显得气派非凡。

他走进了公主的房间,
仿佛眼前闪出一道亮光,
他一眼看到婻西丽芭都玛公主,
顿时手足无措心里发慌。

公主那美丽的风姿,
令帕农板神志混乱,
公主那双珍珠一样的明眸,
令帕农板脸上发烫。

婻西丽芭都玛公主实在太美,
普天下男人都为之倾倒,
如今帕农板美梦成真,
他的心激动得怦怦直跳。

婻西丽芭都玛为见帕农板,
今天也进行精心打扮,
服侍公主的宫女们,
一大早就围着公主打转。

公主本来就很美丽,
简直像只金孔雀一样,
高级的画师也画不出来,
如同天后嫡苏扎娜下凡。

宫女们为她精心打扮,
全身上下闪动着光彩,
公主更加楚楚动人,
仿佛整座宫楼变了样。

公主不熟悉帕农板,
那天见面时她没细看,
上次大臣前来提亲时,
她见到的只是一张画像。

今天终于要见面了,
她的心同帕农板一样,
当见到这位英俊的小伙子,
她以为见到了天上的帕雅因。

公主不相信自己的眼睛,
她深情地对他细细端详,
公主仿佛做梦似的,
梦醒时国王已到她身旁。

此时她也慌了手脚,
害羞得满脸红光,
她急忙低下了头,
不敢再对着他看。

帕农板比她想象的还好,
是一个硬邦邦的男子汉,
他威武神气阳刚气十足,
是天底下少见的好儿郎。

她腼腆地伸出白嫩的手,
温顺地送给帕农板国王,
随后公主在前面引路,
牵着帕农板双双进洞房。

众多宾客看到这一幕,
一个个投去羡慕的目光,
大家向这对新人祝福,
大家为这对新人祈祷。

人们开始闹新房,
欢声笑语把宫楼震荡,
主宾在一起开怀畅饮,
把婚礼推向新的高潮。

在洞房中的帕农板国王,
已经沉浸在幸福的海洋,
他与新婚妻子情意绵绵,
他把肺腑之言向妻子谈:

"我的爱妻婻西丽芭都玛啊,
你可知道我对你多想念?
我日日夜夜惦挂着你,
我多么盼望能来到你身边。

"近来你的身体好吗,
有没有遇到什么麻烦?
你过得是否舒心愉快,
一个人在家是否孤单?"

婻西丽芭都玛听了夫君的话,
如同甘泉流进心房,
她此时此刻的心啊,
也有许多知心话要谈:

"感谢阿哥的问候,
感谢阿哥的关怀,
妹妹身体很健康,
没什么疾病。

"妹妹的心情很舒畅,
从来没遇到什么麻烦,
妹妹在这塔楼住,
每天有宫女陪伴。

"有宫女一起玩耍,
不觉得寂寞孤单,
有宫女陪着过夜,
黑夜也不觉得长。

"阿哥从很远地方来,
路上肯定很艰辛,
你一定很劳累,
不知身体是否健康?"

听着婻西丽芭都玛的话,
帕侬板痴痴望着公主,
帕侬板心里异常激动,
她话音一落他就接着讲:

"金荷花一样秀美的妹妹,
你是全勐最高贵的姑娘,
你是一朵初绽的花儿,
你是天上飞翔的金凤凰。

"尽管阿哥从遥远的地方来,
途中有高山和森林阻拦,
这是天神对我的考验,
考验我对妹妹是否情深意长。

"不管路途多么遥远,
不管途中有多少高山,
都挡不住哥想念妹的心,
都无法把你我姻缘隔断。

"我们所走过的路上,
有许多优美的风光,
有许多野生水果,
有许多野花散发出芬芳。

"但是妹妹比野山果可爱,
妹妹比野山花更香,
妹妹比自然风光更美,
妹妹更令我爱恋。

"有人说有花的森林就香,
野生果实令人向往,
有人说美丽风光令人陶醉,
成熟的果实最香甜。

"我亲爱的妹妹啊,
阿哥只喜欢你这朵香花,
阿哥只想品尝你这颗果实,
阿哥只迷恋你这片风光。

"为此阿哥不怕高山峻岭,
阿哥不怕林木莽莽,
阿哥不怕长途跋涉,
阿哥勇敢地来到这地方。"

帕农板的话钻进公主心房,
帕农板的话打动姑娘心弦,
宝石般美丽的婻西丽芭都玛,
把心底里的歌轻轻吟唱:

"要是哥哥真的得到这朵花,
也许哥哥会觉得并不香,
要是哥哥真的看到这风景,
也许哥哥会觉得并不美。

"要是哥哥尝到那果实,
也许会觉得并不香甜,
要是哥哥娶到妹妹啊,
不知道心里会怎么想?

"阿妹不像人说的那样神奇,
阿妹其实并不美丽,
如今我们已经见面,
现在哥哥你该怎么办?

"现在哥哥你有何感觉,
现在哥哥你对我如何看?
你是否感到后悔,
你是否会觉得受骗上当?"

听了嫡西丽芭都玛一席话,
帕农板心里更明亮,
公主是在试探他的心,
帕农板立即做出回应:

"阿哥不爱听别人说,
阿哥也不爱听别人讲,
阿哥全凭自己感受,
阿哥靠的是心灵呼唤。

"阿哥自从见到妹妹,
妹妹就走进我的心房,
阿哥已深深爱上你,
永不后悔地久天长。

"花儿无香就闻不到,
花儿不美没人赞扬,
如果野生果实不熟,
也就品尝不到香甜。

"阿哥长有两只耳朵,
好话坏话我都听,
如果对妹妹是骂声,
就不可能变成好声音。"

公主听后笑了起来,
她觉得丈夫的话很真诚,
既然他是真心实意,
压在心上的石头也落地。

她把女佣叫过来,
让她们端来水果礼盘,
她热情款待丈夫,
两人边吃边闲谈。

"如果妹妹真心爱哥哥,
就不要谦让讲客气,
如果妹妹不嫌弃我,
我俩就一道吃水果。"

公主经丈夫这么一说,
就高兴地坐到他身旁,
他俩一道吃了起来,
边吃边笑心欢畅。

他俩吃了仙食又吃水果,
吃了水果又嚼槟榔,
两人一直谈到深夜,
从深夜又谈到天亮。

到了第二天天亮时,
帕农板才离开洞房,
他回到原来的住处,
还带回水果给大臣品尝。

帕农板同妻子住了一夜,
好像吃了一夜的蜜糖,
他心里总是甜滋滋,
回来后还念念不忘。

话说丙比桑国王,
第二天一大早就奔忙,
他吩咐大臣们做准备,
要为女儿结婚来拴线。

他叫来全勐的名流,
还有全勐的富商,
还请了各寨子头人,
以及宫内外高官。

"我要为公主举行拴线仪式,
新郎就是勐迦湿王,
你们要抓紧做准备,
婚庆要热烈而隆重。

"我要派人到勐达腊迦,
去请王爷和王太后,
他们是我的父王母后,
他们是王族的族长。

"除了父王母后之外,
还要邀请一百零一个国王,
还有各勐的头人富人,
以及所有的友好邻邦。"

随后国王手下的各位大臣,
集中商议分头行动,
他们领受了国王的旨意,
不敢有半点怠慢拖延。

他们分别带着邀请信,
行动像春风一样顺畅,
很快吹遍一百零一个国家,
把喜讯送到国王的王宫里。

丙比桑国王派出的使臣,
所到之处受到热烈欢迎,
人们敲锣打鼓迎接,
都知道大臣来报喜讯。

主人摆上最好的酒菜,
还拿出上好的烟叶款待,
公主嫁给帕农板,
人人都为他俩高兴。

勐邦果要举行婚庆,
各勐都当成自己的事来办,
头人们急忙准备礼物,
祝贺公主新婚幸福美满。

此时的帕亨达王爷啊,
他骑上吉祥的大白象,
大白象挂上五颜六色的彩带,
还配上金色的象鞍。

他来参加孙女的婚礼,
老人家心里无比高兴,
他又那样喜欢干孙子,
他俩结成一对最合他心意。

此时的帕丙比桑国王,
他精心准备拴线用品,
还准备了许多嫁妆,
每样都备足一百件。

随嫁的牲口有一百匹马,
水牛和黄牛各一百头,
还配备男女佣人一百对,
陪嫁的金钱有一百亿两。

除了给公主的陪嫁财产,
还专门安排了几位武官,
他们要为婚庆做保卫,
确保庆典活动不受影响。

这些武官都是名将,
有纳林答和布塔,
还有坦麻和桑卡,
他们都是有经验的警卫官。

丙比桑王爱惜自己的子女,
视儿子和女儿为宝贝心肝,
他从来不偏爱儿子或女儿,
一视同仁手背手心都一样。

在分配财产的时候,
儿子和女儿各一半,
他给女儿备嫁妆的时候,
分给儿子的也都一样。

女儿即将出嫁,
从此离开父母身旁,
该送她的东西一次备齐,
分财产就像竹筒倒豆子。

儿女每人分给金银各十四亿两,
王室其他亲戚每人一亿两,
除此以外还有布匹等物品,
全都是高贵值钱的家当。

王室的东西都很值钱,
不像平民百姓那样,
王家的财富无数,
任其挥霍也用不完。

除了父母送给的陪嫁,
哥哥嫂嫂也有礼品,
他们送给妹妹的礼品,
都是贵重物品非同一般。

经过帕亨达王爷批准,
举国上下举行大联欢,
全国放假七天,
参加公主的新婚大典。

在大庆日子里,
人们尽情欢乐,
娱乐活动如百花盛开,
全国各地都是舞台。

娱乐活动不受限制,
人人都可以上台表演,
官民同庆玩得很开心,
莺歌燕舞乐开怀。

接下来是新郎大送礼,
把庆典活动推向新高潮,
帕农板吩咐手下大臣承办,
大臣们早有准备不慌不忙。

他们按照预定的份数,
抬到女方的亲戚面前,
每位亲戚都有一份,
每样物品都有一百件。

珍贵的礼物共二十份,
二十家王亲国戚各一份,
帕农板国王早已准备周全,
一家不缺皆大欢喜。

接下来是最隆重的一项,
为新郎新娘拴线结成双,
帕亨达王爷是族长,
双方的亲戚都围着他转。

全勐其他长老也到齐,
这也是傣家的老习惯,
办重大喜事官民平等,
长老在此时地位特别高。

长老们很熟悉老规矩,
老阿沽最会这一套,
他能够熟练地背诵颂词,
念起来抑扬顿挫不间断:

"今天是个吉祥如意的日子,
两位青年男女结为夫妻,
他们结为恩爱的伴侣之后,
就要共同把治国重任分担。

"作为傣家万民之上的国王,
需要有贤惠的王后陪身旁,
祝贺你们在未来的岁月中,
心想事成如意吉祥。

"在你们担任国王的国家,
战胜一切侵犯的敌人,
消除一切抢劫的盗匪,
保护人民安居乐业。

"愿一百零一个国家的庶民,
都在你们的福荫下平安生活,
愿神灵保佑你们生活美满,
保佑勐迦湿繁荣富强。

"祝愿你俩健康长寿,
幸福的生活九百万年,
祝愿你俩永远和睦相处,
天长地久永如今天。

"像源远流长的大江河,
　　川流不息永远奔腾,
　像碧绿青翠的大森林,
　　常青不败万年长。"

　老阿沾念完祝福词后,
开始为新郎新娘拴线,
拴魂线分白线和蚕丝线,
　拴在哪只手也有规定。

长辈为农板和公主拴线,
把白线拴在他们左手腕上,
然后拿出蚕丝线来拴魂,
拴在农板和公主的右手腕。

　　这二十庹长的线啊,
　把国王与公主牢牢牵,
　　这二十庹长的线啊,
使国王与公主订了终身。

　　拴线后又开始念道:
　　"请三十二魂到,
　　请九十二魂来,
　魂魂驻锁君王身上。

　　"护住两君王真身,
　　遇火烧不会死去,
　　被大水淹不会亡,
愿两位君王身体结实如磐石。"

　　拴线仪式结束之后,
以帕亨达为首的王亲国戚,
带着农板和婻西丽芭都玛,
　双双登上庄严的加冕圣殿。

王爷用圣水为他们灌顶洗礼,
　　举行庄重的加冕仪式,
使公主真正成为农板的王后,
使农板真正成为勐邦果的驸马。

洗礼加冕仪式结束之后,
宾客们向他俩滴水贺吉祥,
此时歌声欢呼声四起,
众人簇拥新郎新娘进新房。

人们敲锣打鼓,
弹奏着琵琶,
吹奏着甘罗和海螺,
演奏着各种乐器。

乐器声和欢呼声交相呼应,
欢送农板和嫡西丽芭都玛,
把他俩送到新王宫里去,
祝福他俩新婚幸福美满。

来宾纷纷向他们送礼品,
边送礼品边祝福,
祝福他们新婚幸福,
祝福他们身体健康。

新郎新娘盛装打扮,
两个人都像天神一样,
他们向父王母后鞠躬,
感谢父母的养育之恩。

他们祝福父母生活美满,
健康长寿疾病远离身旁,
就像老王爷那样晚年安乐,
无忧无虑从不心烦。

夫妻双双向父母叩拜之后,
又转身向来宾点头致意,
在大臣宫女陪同下走出殿堂,
新郎新娘即将返回勐迦湿。

佛祖世尊又对故事进行小结,
他仔细归纳后对比丘们说:
"众比丘啊,
农板向公主求爱终于梦想成真。

"他拿出精心准备的金项链，
戴在嫡西丽芭都玛的脖子上，
举国上下为他俩举行婚庆，
王族长老为他俩拴线牵魂。

"接着又为他们灌顶洗礼，
西丽芭都玛成为勐迦湿王后，
帕农板成为勐邦果驸马爷，
至此两勐由冤家变亲家。

"婚庆典礼非常热闹，
人们敲锣打鼓弹奏乐器，
载歌载舞祝贺新人，
勐邦果迎来不夜天。

"婚礼庆典举行了七天，
祝贺王子和公主结伴侣，
把新郎新娘送进新王宫，
美满婚姻谱写新篇章。"

第六十三章

行善积德救穷人
感动天神送仙子

ᥘᥧᥒᥴ ᥐᥤᥴ ᥝᥦᥲ ᥜᥫᥲᥐᥧᥴᥛᥴᥙᥪᥱᥛᥨᥒᥴᥘᥣᥳ
ᥢᥧᥰᥜᥧᥲᥗᥧᥩᥲᥜᥫᥲᥛᥩᥴᥙᥫᥲᥘᥧᥐ

听吧，众乡亲，
哥要继续歌唱农板的故事，
歌唱农板和公主新婚燕尔，
歌唱他俩谱写婚后新篇章。

婚礼仪式全部结束，
新郎新娘向父母辞行，
他们将返回勐迦湿，
去过全新的生活。

农板和婻西丽芭都玛，
要去拜别父母双亲和爷爷，
他们准备好了礼盘，
礼盘上装有鲜花米花和蜡条。

他们端着圣洁的礼盘，
去到父母亲的宫殿里，
一起向爷爷奶奶和父母拜别，
期盼能得到长辈允许和原谅：

"敬爱的爷爷奶奶和父王母后啊，
你们是万民头上的王，
现在孩儿将离开你们，
在勐迦湿会如同在勐邦果一样。

"孩儿离开勐迦湿已三个月，
三个月的时间实在不算短，
国内有许多事务，
等着孩儿去处理。

"孩儿向各位长辈请求,
请各位长辈恩准,
你们不必为我们担心,
我们会互相照顾同甘共苦。

"孩儿就要离开勐邦果,
到勐迦湿去生活,
孩儿祝愿各位长辈,
生活幸福吉祥安康。

"如果孩儿曾经做错事,
对不起各位长辈,
犯下了什么过失不礼貌,
就请各位长辈多原谅。

"孩儿曾经有过的罪孽,
想求得各位长辈的宽恕,
把身上的罪孽完全去除,
使孩儿像在湖里洗去污垢。

"若是孩儿从各位长辈面前走过,
身上的酸臭味熏到了各位长辈,
没注意礼节而对各位长辈不敬,
请各位长辈多宽恕我俩吧!

"同时请祝福我俩,
能够幸福吉祥平安回去,
把勐迦湿治理得繁荣富强,
让威力战胜敌人造福天下吧!"

他俩向爷爷奶奶和父母辞行之后,
又转向众王族亲戚,
向他们告别,
也请他们给予原谅放行:

"敬爱的家乡亲人们,
亲爱的叔伯姐妹兄弟们,
我俩向你们磕头拜别,
请别责怪我们就此离去。

"请不要怪罪我们不忠不孝,
男大当婚女大当嫁是规律,
我们永远不会忘记你们的恩情,
你们对我们的关爱永记在心。"

此后父母王爷和奶奶,
四个人用手搭在他们头上,
给他们的未来生活祝福,
用诚恳的心寄予美好期望:

"我们的心肝宝贝孩儿啊,
你们是我们的两颗眼珠,
我们现在同意你们远去,
不会责怪你们小时的淘气。

"小时候人人都一样,
做错事在所难免,
即便你们有什么失误,
我们也绝不会计较。

"愿苍天保佑你们,
在未来生活中一帆风顺,
祝你们在生活的国土上,
灾荒疾病远离你们身旁。

"祝福你们回到勐迦湿,
治国有方当好万民之王,
把国家建设得兴旺发达,
把国家建设得更加富强。

"祝福你们有万灵的神力,
保佑你们战胜艰难险阻,
保佑你们克服前进的障碍,
保佑你们战胜任何敌人。

"愿你们的臣民都归顺你们,
服从你们的指挥和政令,
一百零一个国家俯首称臣,
祝你们做万民拥戴的国王和王后。"

帕亨达是王族的族长，
对孙子和孙女寄予厚望，
他又单独向他俩祝福，
把美好的词句全用上：

"今天你们就要远去了，
爷爷总是牵肠挂肚，
你们毕竟年纪不大，
爷爷总是放心不下。

"愿你们在新的生活路上，
万事顺心如意吉祥，
好好地干出一番业绩，
做个万民爱戴的好国王。

"爷爷还有一个想法，
希望你们能够采纳，
让两位兄长送你们回去，
陪伴你们回到新家。

"你们都是一块长大，
手足之情难用言语表达，
两位哥哥把你们送进王宫，
爷爷才会放心得下。

"他俩去后还可以多住几天，
让妹妹适应那里再回家，
妹妹第一次出远门，
当哥哥的要细心照顾她。"

遵从爷爷的安排和交代，
兄弟俩护送妹妹回勐迦湿，
他们带着几员大将军，
调派了部队随行护送。

随后丙比桑王安排告别事项，
他叫来首辅大臣，
要他安排各界人员，
举行隆重仪式欢送公主。

还组织了军民混合大队伍,
陪伴女儿和女婿回家,
象脚鼓和铓锣敲响之后,
欢送的队伍开始出发。

帕巴罗骑上他的神马,
一马当先打先锋,
大批士兵和民众在后面,
陪伴帕农板和婻西丽芭都玛。

大队伍出发浩浩荡荡,
前呼后拥非常壮观,
大臣们骑马的技术很好,
他们在途中还比赛跑马。

武士们徒步走在后边,
个个都是勇敢男子汉,
争先恐后谁也不甘落后,
走起路来雄赳赳气昂昂。

走路也有走路的乐趣,
边走边说笑话不费力气,
小伙子还故意碰撞小姑娘,
逗得小姑娘大喊大叫。

有的还调戏小寡妇,
抱着她们脱衣服,
弄得小寡妇直躲闪,
骂骂咧咧直叫苦。

途中住宿名堂更多,
三更半夜小伙子串小卜哨①,
他们偷偷跑到森林里,
玩够了才回来睡觉。

---

①小卜哨:傣语,小姑娘。

途中谈情说爱很自由,
单身男女肆无忌惮,
他们白天用眼睛传神,
晚上在一块混到天亮。

欢送队伍用旗幡引导,
簇拥着国王感到自豪,
人多势众很威风,
翻山越岭也不觉得疲劳。

有的男青年很滑稽,
会用披毯把姑娘搂抱,
两人抱在一块满地滚,
弄得小姑娘哈哈大笑。

大队伍离开勐邦果,
途中的故事实在多,
边走边玩很开心,
有时小伙子背姑娘过河。

他们穿过莽莽森林,
跨过波涛汹涌的大江,
他们穿过密密的草地,
翻过高高的大山。

天亮时他们赶路,
天黑下来住草棚,
肚子饿了吃糯米饭,
口渴了就近喝山泉水。

经过两个月长途跋涉,
终于到达勐迦湿,
他们走出原始森林,
进入了大平坝。

当队伍进入坝区的时候,
大部队显得很庞大,
人群排成长长的队伍,
仿佛是成群的蚂蚁在爬行。

长长的队伍望不到头,
令人看得眼睛花,
当队伍来到城门口,
欢迎的队伍更庞大。

勐迦湿方面得到消息,
倾城而出迎接大队人马,
他们敲锣打鼓吹号角,
载歌载舞唱赞歌。

王城门外人山人海,
人人都穿着节日盛装,
他们把客人迎进城,
开始进入忙碌状态。

有的忙着盖帐篷,
有的忙着烧热茶,
有的忙着搭床铺,
有的忙着煮饭菜。

所有的人都在忙,
忙得大家满身汗,
他们热情迎接远方客,
虽然很忙心舒畅。

士兵住在临时搭建的帐篷,
大臣头人住进客栈的客房,
客栈也分成不同等级,
最高级客栈住的是大官。

帕巴罗应邀坐在金床上,
昆代坐在他身旁,
勐迦湿的高官与他亲切会见,
双方谈笑风生气氛不寻常。

交谈的内容很广泛,
从国家大事到家常琐事,
彼此谈话很随便,
好像早就是一家人。

他们聊了一会闲话,
王宫派来的大官员又陪同一起,
将帕巴罗兄弟迎进宫,
为他们准备金色睡床。

豪华房间有各种花色被单,
床单和铺垫全部是绸缎,
房间里摆着各种水果,
品种繁多一应俱全。

帕巴罗和帕昆代兄弟俩,
既是国宾又是国舅身份高,
主人视他俩为最高级嘉宾,
对他俩的招待做得最好。

随后勐迦湿又举行仪式,
为新郎和新娘拴线,
拴线仪式很隆重,
仅勐迦湿就有六万高官参加。

各项庆典工作准备妥当,
年老的长辈被请进大堂,
他们为新郎和新娘拴线,
把金丝线拴在手腕上。

金丝线拴在左腕,
银绸线拴在右腕,
人们为国王和王后祝福,
衷心祝福他俩新婚美满。

全体官员都出席庆典,
六万名高官跪在地上,
天上的神灵也表示祝福,
金雨银雨从天而降。

勐迦湿的每一个角落,
不论是王城或是小村庄,
到处铺满金银宝石,
黄金白银堆得像大山。

勐迦湿的平民百姓,
勐迦湿的王家高官,
勐迦湿的所有客人,
人人目睹这种奇观。

亲眼目睹金银遍地,
无不为之欢呼雀跃,
　大家都盛口称赞,
赞颂新国王帕农板。

勐迦湿的长寿老人,
有的已达一百二十岁高寿,
他们都说从未见过这种奇观,
他们对国家未来充满希望。

人们为之议论纷纷,
都在议论婻西丽芭都玛,
公主拥有这般洪大福气,
她把福气惠及勐迦湿。

于是大家都赞颂公主,
举国上下都颂扬她的恩惠,
这个消息如春风化雨,
很快传播到世间各地。

婻西丽芭都玛公主心中有数,
她担心人们不知怎么办,
要及早把人们的疑虑消除,
她于是向全国民众宣布:

"天神恩赐的这场金雨银雨,
不论掉在什么地方和区域,
谁看到谁捡到归谁所有,
金子银子全是正当收入。

"任何人不要贪心抢夺,
王家官府不会没收,
全勐人民必须自觉,
更不能盗窃抢劫做坏事。"

大臣接到王后的旨意,
写成告示张贴到全勐各地,
全勐人民都遵照执行,
谁也不敢违背王后旨意。

世间民众都很羡慕,
盛赞帕农板有福气,
继承王位成家立业,
娶了如此美丽仙妻。

勐迦湿的所有百姓,
非常拥护爱戴王后,
认为国王娶了好王后,
福荫勐迦湿繁荣富强。

金雨银雨落到王城的更多,
尤其是王宫广场堆成小山,
王宫的人按照王后的旨意,
把王宫内的捡回国库收藏。

王宫以外的让给民众,
民众按规矩未生事端,
官家平民对此都满意,
没有人为此争吵作乱。

王后考虑很周到,
她计划救济扶贫行善,
她要照顾外来乞讨者,
她把想法告诉财务官。

把王宫捡到的金银,
分给穷苦人渡难关,
乞丐们排队来领取,
每人一份乐哈哈。

随后国王发布命令,
全勐放假七天,
举行大联欢庆典,
举国上下大摆宴席。

七天大联欢期间，
各种娱乐活动都举办，
全勐娱乐不受限制，
只要大家玩得开心。

婚庆活动结束后，
客人要返回勐邦果，
国内参加联欢的官员，
也都分批返回各地。

一百零一国的嘉宾，
高高兴兴地返家园，
他们回到家乡之后，
盛赞勐迦湿有福气。

人们赞美婻西丽芭都玛公主，
说她是当今世上第一美女，
人们颂扬帕农板国王，
说他福星高照娶到仙妻。

年轻小伙子都羡慕国王，
都希望能看上王后一眼，
他们准备钱物和行囊，
到王宫去见王后娘娘。

他们都有一个共同愿望，
此生虽然娶不到这样的妻子，
能够看上一眼也心满意足，
免得到人世间白走一趟。

婻西丽芭都玛是大美女，
人们颂扬她的美德和风姿，
不论是老人或是小孩，
看到她都会痴呆入迷。

看到她的人久久不愿离去，
有的张开嘴巴，
有的目不转睛，
有的魂不守舍。

不管是远道而来的王家贵族,
还是本国的头人子弟,
他们都想方设法找理由,
纷纷来到王宫里。

巴罗看到这种情景,
心里满足脸上有光,
他们都是娘家的人,
妹妹受到尊崇也是福气。

但他们无论如何不能久住,
国内很多事等他们回去处理,
两位哥哥要辞别妹妹妹夫,
免得父王母后在家等得心急。

"妹妹啊就这样吧,
哥哥现在就回去,
你安心住在勐迦湿,
我们回去向父母回话。

"你做个世人称赞的王后,
做一个傣家人的好当家,
父王和母后也放心,
你就安心地在这里住下。

"你一定要好好做人,
不要让我们家人丢脸,
要保持自己良好秉性,
要学会为人处世方法。

"你要关心爱护身边奴婢,
要按规矩办事通情达理,
要时刻不忘赕佛,
要尊老爱幼当好这个家。

"如果想念父母和哥哥,
你就骑上神马走一趟,
要不了多少工夫就到家,
不像陆地走路那样麻烦。

"你要协助妹夫帕农板,
　　　　把勐迦湿治理好,
　　只有国家富强人民幸福,
国王和王后的脸上才有光。"

随后婻西丽芭都玛和帕农板,
　　　　向两位哥哥行跪合十礼,
　　　　　　庄重地向哥哥拜别,
　　　此时两个人都热泪盈眶。

　　　　外面十万人马整装待发,
　　　　　　等待巴罗兄弟俩,
　　　　　　他们礼毕走出王城,
浩浩荡荡返回勐邦果故乡。

　　　他们穿过林海渡过江河,
　　　　　　一路欢乐一路歌,
　　　　　　他们忘记了劳累,
用不了多久回到勐邦果。

　　　　　　送别了两个哥哥,
　　　　国王和王后返回王宫,
　　　　　王后认真配合国王,
　　　协助他治理勐迦湿国。

　　　　他俩虔诚地求神赕佛,
　　　　　诚心祈求佛祖保佑,
　　　　他们不停地修行积德,
为国家和民众避灾减难。

　　　　从此以后全勐人民,
　　　　　重新建设美好山河,
　　　　　国泰民安五谷丰登,
民众的日子越过越好。

　　　　虽然战争造成了创伤,
　　　　　但是很快恢复生产,
　　　人们齐心协力重建家园,
勐迦湿又呈现了昔日辉煌。

举国上下都认识到，
战争的祸害责任在先王，
勐邦果方面没有错，
两国之间没留下后患。

人们还深深认识到，
功劳归于王后娘娘，
她给勐迦湿带来幸运，
她造福了全国民众。

人们都崇拜婻西丽芭都玛，
人们更热爱帕农板，
人们感谢婻西丽芭都玛，
人们更加拥护国王。

世界上的事并非十全十美，
国王和王后也有不如意地方，
王后是天上的仙女，
与凡人结合无法妊娠。

天上的神灵早就意识到，
他们又为婻西丽芭都玛操劳，
如果王后不会生孩子，
这传宗接代该由谁承担？

帕雅因精心安排，
指派一个男神下凡，
让他变成小王子，
偷偷来到王后身旁。

男神受命来到人间，
夜深人静时潜入王宫，
转世变成一个男婴，
睡在国王和王后中间。

等到男婴大声啼哭，
他俩才被哭声吵醒，
男婴身旁还有一瓶仙乳汁，
不用当父母的操心喂养。

被男婴哭声吵醒后,
王后把男婴搂在怀里,
她温存地爱抚男婴,
并把原因向夫君讲明:

"妹妹头上的大王啊,
天神救了我们勐迦湿,
为我们送来了一位神婴,
他现在就睡在我的身旁。

"这个神婴是我们的希望,
他一定是未来的国王,
我们要收下他做王儿,
这是天神赐福给我俩。

"我们要精心把他抚养,
养大了国家就有希望,
不能辜负天神的心意,
请夫君认真细想。"

随后帕农板看清了孩子,
他的容貌长相很好,
像炉中熔化出来的黄金,
如精心铸造出来的精铁。

帕农板国王非常高兴,
如同突然得到黄金十万两,
男婴长相英俊可爱,
像个统率千军万马的小国王。

王后看到夫君如此高兴,
心中也就松了口气,
国王已经接受了神童,
她解除忧虑不再心烦。

"这个神灵的孩子啊,
是天上的帕雅因相送,
专门安排做我们的王子,
让我们的王位代代相传。

"因为他是神的孩子,
他不能吃凡人的乳汁,
所以天神专门配备仙乳水,
仙乳水就在他的身旁。

"如果我们孩子饿了,
就用这个仙乳水喂养,
瓶中会有乳汁流出,
孩子喝了就会解除饥饿感。

"孩子喝了仙乳汁,
就会进入甜蜜的梦乡,
这样的孩子很乖,
人见人爱不会淘气。

"除了这个乳汁以外,
我的乳房也可以给他吸,
也会流出乳汁喂他吃,
也可以让他解渴充饥。

"乳房流出来的仙水,
也跟仙乳水一样,
同样可以把小孩喂养,
让小孩正常成长。"

神童下凡的消息很快传出,
全勐的人纷纷来看望,
王宫又变得很热闹,
人来人往川流不息。

国王对此很重视,
他召集文武百官,
还召集全勐的占卜师,
为小孩算命起名字。

天神安排他下凡,
占卜师进行了精心推算,
他们经过反复推敲,
替王子起名叫迪拔维佳捧麻典。

　　　　王子慢慢成长，
　　　　转眼到了一周年，
　　　　他的相貌非同一般，
　　　　长得英俊又漂亮。

　　　　周年后的同一天夜晚，
　　　　又有一个孩子睡在王后身旁，
　　　　这是一个漂亮的女婴，
　　　　她的长相也不寻常。

　　　　这个女孩也是天神安排，
　　　　神仙下凡也不吃母乳，
　　　　她的美貌无人可比，
　　　　她是勐迦湿最美的小女孩。

媥西丽芭都玛安排大批宫女，
　　　　专门侍候和照顾小公主，
　　　　这个女孩很乖巧，
　　　　不爱啼哭很爱笑。

　　　　神女天生没有大小便，
　　　　没有汗液和臭气，
　　　　她吃的所有食物，
　　　　全是天神来准备。

　　　　兄妹两个都是神仙，
　　　　喂养他们要按仙人习惯，
　　　　他俩不食人间烟火，
　　　　只有媥西丽芭都玛能调理。

媥西丽芭都玛是他们母亲，
　　　　他俩整天围着母亲转，
　　　　母子三人寸步不离，
　　　　母子三人感情深似海。

　　　　在父母的精心抚育下，
　　　　兄妹俩健康成长，
　　　　他们长大以后，
　　　　更加惹人喜欢。

香芒果成熟了八回,
甜菠萝也八次飘香,
傣历新年过了八回,
小王子也长到了八岁。

这时的小公主啊,
也是个七岁的小姑娘,
兄妹的容貌不断变化,
一天比一天长得好看。

其实农板的一对儿女,
全是帕雅因所赠送,
他从寿终的神仙中挑选,
下凡来到西丽芭都玛身旁。

随着岁月的流逝,
在大人的精心呵护下,
两个孩子慢慢长大,
他们如同一对金童玉女。

到了十五岁的时候,
王子相貌英俊,
好比天上的帕雅因,
人见人爱都把他夸。

他的身体非常洁净,
他聪明伶俐样样通达,
他还拥有八头大象的神力,
无人能比得过他。

帕雅因看到孩子已长大,
就送给他们两匹神马,
还有两把神弓和两个箭匣,
两把仙剑和两双仙鞋。

这些神马和宝器,
确保他们不受侵犯,
确保他们的生命安全,
将来也可派上用场。

我讲的这个故事,
现在又要告一段落,
农板和王后的奇闻,
自古以来就有流传。

我刚才吟唱的这首歌,
讲的是天上神仙下凡,
转世成为他俩的儿女,
让勐迦湿王位能相传。

这个故事我已唱完,
接下来的是另一篇章,
我现在要暂时停下,
后面还有故事要讲。

关于乌莎巴罗的故事,
十天半月也讲不完,
这些古歌来自经书,
从古至今广为流传。

因为我的学识不够深,
改编为唱词也不够顺畅,
因为此前没有一个样本,
现在唱起来也许有点乱。

我把它改编成诗歌唱词,
要做的事非同一般,
尤其是要把它唱得动听顺口,
这种要求就更加困难。

有的唱起来感到别扭,
不像现成的唱本那样流畅,
有的人到处乱抄袭,
这样做有时也可以蒙混过关。

我实在不愿那样做,
敬请听官们多原谅,
这样子我花费的精力更大,
我愿意吃苦而不去乱编造。

如果谁比我有学问，
我甘拜下风拱手相让，
请他来帮我修改指正，
我会衷心感谢他的帮忙。

要是修改出来的唱本，
比我改编的更顺畅更生动，
那我就更高兴更满意，
我一定拜他为师傅。

第六十四章
韦罗哈抢夺乌莎
帕亨达发兵讨伐

ပူၚ်ၵိဳ ၆၄ ဝိလောဟာၸိၚ်ၵႁၵႃသၢ
ၸၢၸိထ္ထပၢၵ်ႁ် မႄၚ်ၵႆ

请听吧，
清澈如水般的妹妹哟，
现在哥哥我要继续歌唱，
哥讲的故事要换个地方。

我要讲关于勐庄昊的故事，
那是一个人鬼混居的地方，
我要讲述魔王肆虐的经过，
我要讲述人鬼之间的大战。

我要讲广阔的岛国勐兰卡，
那里人口众多有丰富物产，
那里有一个韦扎团大王，
他霸占着一块很大的地盘。

故事就要从这里开始，
讲述这个韦扎团大王，
他居住在古老的国家，
它的国名叫做勐扎团。

勐扎团是个魔鬼国，
魔王就是这个韦扎团，
勐扎团是这个鬼国简称，
全称叫做勐塔拉大扎团。

勐塔拉大扎团魔鬼国，
它的地盘主要是石山，
大石岩无边无际，
老鹰飞七天七夜不到边。

魔王手下的百姓很多,
有普通百姓也有大小官员,
人口略算约有十二阿呵,
他们世代在那里繁衍生息。

魔王管辖宽广的地盘,
有辽阔的土地和山川,
邻近的国家服从他的管理,
魔王的本领也很高强。

魔王有两个亲生儿子,
两个儿子也很有本事,
他们变幻莫测法术无边,
他们勇猛强悍不可一世。

大儿子名叫韦罗哈,
小儿子名叫术灭腊,
兄弟俩蛮横不讲理,
两人到处横行霸道。

有一个宽广的岛国,
它的名字叫勐兰卡①,
勐兰卡老国王去世后,
没儿女继位世风日下。

韦扎团得知这一消息,
对这个岛国垂涎三丈,
魔王派出大儿子韦罗哈,
去强行占领勐兰卡。

韦罗哈带去妖婆苏韦玛,
还带去了女妖一大帮,
韦罗哈身边的妖官有十二个,
随时跟在韦罗哈的身旁。

---

①勐兰卡:即今斯里兰卡。

韦罗哈还有一个儿子,
儿子名字叫毕亚沙,
韦罗哈父子形影不离,
他们轻易就把勐兰卡霸占。

众魔鬼推举韦罗哈为大王,
韦罗哈便当上勐兰卡国王,
勐兰卡是个大国,
有三十阿呵的民众。

韦罗哈占领勐兰卡之后,
他的霸道无人敢反抗,
岛内基本上还算安定,
老百姓埋头搞生产。

本事高强的韦罗哈魔王,
特别好色和贪婪,
他有一套高超本领,
人们忍气吞声敢怒不敢言。

第六十四章

他随身佩一把利剑,
还有一把弓弩也不离身边,
他时刻穿着飞天神鞋,
天上地下到处乱蹿。

韦罗哈什么地方都敢去,
有时会去到很远的地方,
一百零一个国家他都走遍,
为所欲为到处闯荡。

魔王所到过的地方,
那里的美女就要遭殃,
只要他看中的女子,
就一定抓来做自己的婆娘。

他有一套抢人的妖术,
变出龙卷风把美女刮跑,
他这样做不被人发现,
亲人都不知道美女的去向。

丈夫找不到老婆，
母亲找不到姑娘，
失踪美女被抢劫到妖国，
正躺在韦罗哈的床上。

所有美女都被关起来，
供韦罗哈任意奸淫，
韦罗哈玩够后就把她们当女佣，
不让她们返回家乡。

被他掠夺的所有美女，
对韦罗哈不敢反抗，
由韦罗哈任意糟蹋，
他的手段十分残忍。

这些被掠夺的美女，
年龄和身份各种各样，
既有平民百姓的女儿，
也有头人和富翁的姑娘。

有的还是公主和王后，
谁也料不到会有此下场，
只要他喜欢的就抓去，
被掠夺的美女有二十多万。

就算有人知道妻子女儿的下落，
因为打不过他也无可奈何，
眼睁睁看着妻子被蹂躏，
只好捶胸跺脚对天长叹。

现在我要讲述帕巴罗，
吟唱帕巴罗的新篇章，
讲述他与魔王决斗的故事，
那是为民除害的颂歌。

巴罗与仙妻一起生活，
已经过去好多年头，
有一天他想起了腊西伯父，
伯父在森林里修行很孤单。

伯侄已经多年未见面,
他萌生探望他的心情,
他经过再三考虑,
决定与妻子同行。

帕巴罗带着两位仙妻,
到茫茫森林里看望帕腊西,
他们三人骑着一匹神马,
腾云驾雾向雪山林飞奔而去。

他们进入雪山森林,
到达了伯父修行的住地,
夫妻三人慢慢降落下来,
向帕腊西伯父跪下施礼。

他们分别已经多年,
一见面有说不完话题,
从个人讲到国家,
从外国讲到家里。

"尊敬的帕腊西伯父啊,
侄儿向您问安祝您吉祥,
您一个人生活在深山老林,
一定感到寂寞和孤单。

"晚辈未能来服侍您,
不知您身体是否健康无恙,
有什么烦恼事情,
困扰着您的修行?

"但愿疾病远离您的身体,
生活顺心不会遇到麻烦,
但愿忧愁远远离去,
吉祥安宁无任何灾难。"

正在修行的帕腊西,
见到侄儿无比欢喜,
侄儿的这一席问候话,
他听后心里无比甜蜜。

"侄儿能来看望我,
实在是很不容易,
伯父心里高兴,
你的孝心我将永记。

"伯父在森林里修行,
一切还算顺利,
这里清静安宁,
生活称心如意。

"这里有吃不完的野果,
这里的森林非常美丽,
这里因为远离人群,
世间纠纷进不到脑子里。

"吃住不用操心,
专心修炼学艺,
人世纷争我不管,
这里确实是块圣地。"

帕巴罗的两位仙妻,
拜见帕腊西后便忙着扫地,
她俩打扫僧房内外,
采来野花献给帕腊西。

帕巴罗旧地重游,
不少往事浮现脑海里,
他们来到一个凉亭,
亭前有一片绿草地。

那里有一间草棚是他的住房,
他跟伯父曾经生活在那里,
如今草棚还原样不动,
他仿佛又回到过去。

天黑了他们就上床睡觉,
一直睡到太阳从东方升起,
帕巴罗带着两位妻子,
又去拜见帕腊西伯父。

婻乌莎和婻桑卡仙女，
　　很喜欢到附近林中采鲜花，
　　　这一天乌莎单独行动，
　　她独自一人进林中采花。

　　　采花是她们的习惯，
　　对此她们习以为常，
　　她们采回鲜花献给伯父，
　　伯父对鲜花也很喜欢。

她们每次去采花未遇到意外，
　　认为天下太平毫不在意，
　　她们在森林里住了七天，
　　觉得非常清静和舒服。

　　　婻乌莎去林中采花，
　　都喜欢在森林里游玩，
　　　在森林里玩够以后，
　　　太阳下山才回家。

　　没料到这一天不同往常，
　　魔王韦罗哈也来到这里，
　　　他看见了美丽的乌莎，
　　淫性大发口水直往外淌。

韦罗哈用妖术吹出龙卷风，
将婻乌莎吹昏后劫持了她，
　　他将乌莎劫持到勐兰卡，
　　关押在自己的宫殿中。

　　当婻乌莎醒来的时候，
　才知道自己落入魔鬼手中，
她气得大喊大叫又哭又闹，
　　韦罗哈就更加喜欢。

　　这个时候他性欲更高，
　　他想舒舒服服玩几招，
他像老鹰抓小鸡一样扑上去，
就像对待以前抓到的女子一样。

被他抓去的女子跑不掉,
他每次得手更加狂妄,
有的女子不愿被他强暴,
以自杀来进行反抗。

他于是软硬兼施用手段,
以达到发泄性欲目的,
他会反复折磨美女,
让美女满足他的性欲。

他使用的手段很毒辣,
会向阴道塞进脏东西,
弄得美女不得不求饶,
顺从地扑到他的怀里。

这次他抓到乌莎仙女,
看到她白白嫩嫩很美丽,
他扑上去就要亲吻,
不料反复几次近不了她身体。

每当他要扑向乌莎的时候,
就有一股大火把他顶回去,
他使用各种妖术全都无用,
弄得他精疲力竭气喘吁吁。

他为了能够玩上乌莎,
依然不死心不罢休,
他用大米吹上妖气,
撒向乌莎周围的火圈。

可是大火还是扑不灭,
他又变换另一种把戏,
使用妖术变出铁牢房,
把婻乌莎关在铁牢房里。

这个铁牢房非常坚固,
他派了妖兵专门来看守,
每天派人给她送食物,
使她跑不掉又饿不死。

魔王知道她是仙女，
食物不能同凡人比，
他只送给她甘蔗芭蕉，
但送去的数量特别少。

他以为她会饿得受不了，
没想到乌莎不在乎，
她七八天不吃也不会饿，
甚至连茶水也不用喝。

魔王拿乌莎没有办法，
只好死死把她关住不放，
他想慢慢折磨乌莎，
最后让她自愿同他上床。

现在我要话分两头讲，
巴罗不见妻子很紧张，
巴罗到森林里到处寻找，
找遍雪山林仍不见踪影。

巴罗有一种直觉，
乌莎可能被韦罗哈劫持，
出事当天夜已深，
他翻来覆去睡不着。

陪伴着他的婻桑卡，
轻声细语安慰他，
夫妻俩一夜没入睡，
为寻乌莎他一大早就出发。

他根据昨晚的分析，
要直接去找韦罗哈，
他随身带上神弓宝剑，
腾云驾雾飞奔而去。

他用最快的速度飞行，
飞过茫茫林海的雪山林，
刚出林海就遇见一个人，
这人的名字叫贺腊满。

两人初次见面打招呼,
帕巴罗询问他是谁?
贺腊满一答话就夸海口,
不知天有多高地有多厚:

"老子名叫贺腊满,
能腾空行走飞云端,
我闲游浪荡到处走,
是个打探消息的情报官。

"如果哪个本事比我大,
我就服服帖帖听他管,
如果他的力气比我小,
我收为徒弟也无妨。

"如果他的本领比我小,
就必须服从我管教,
我会尽心尽力去教他,
把他变成一条好汉。

"如果他不听我的话,
我就送他回老家,
我从来说话很干脆,
办事果断不拖泥带水。

"现在我俩在此相遇,
我们不妨先来比试,
到底谁来当老大,
比试输赢就有答案。"

巴罗见小伙子挺干脆,
就答应同他先较量,
两个人都身手不凡,
各自卸下武器比空拳。

贺腊满的功夫动作快,
蹦蹦跳跳有两下,
他拳打脚踢左右开弓,
令人看了眼睛花。

帕巴罗拳步稳重，
有板有眼不忙乱，
只打了几个回合，
就扇了贺腊满一耳光。

贺腊满被扇了一耳光，
他退下后再进招，
他刚要抓住巴罗手腕，
不料被巴罗一拳打翻。

巴罗又进一脚踏上去，
贺腊满便无力气再反击，
趴在地上很无奈，
经受不了新的打击。

于是他向巴罗求饶，
甘拜下风当小弟弟，
他向巴罗道歉，
连声说对不起。

帕巴罗放了贺腊满，
他又向巴罗赔礼，
他称呼巴罗为大哥哥，
再次向巴罗表示歉意：

"大哥有何事要帮忙，
你就别客气尽管讲，
只要贺腊满能办到，
一定效劳绝不放空炮。

"只要大哥用得着，
小弟竭尽全力去效劳，
小弟愿跟随大哥哥，
走南闯北沾你的光。"

巴罗说出自己来历，
实话实说毫不隐瞒，
贺腊满听后忙施礼，
马上说出他听到的消息：

"小弟听说韦罗哈魔王,
抢到一位天仙般的姑娘,
他把姑娘关进铁牢里,
姑娘整整哭了一晚上。

"魔王还派妖兵看管,
防备姑娘逃出牢房,
魔王无法靠近她身旁,
只能在远处干瞪眼。"

贺腊满将消息告诉巴罗,
巴罗听后心里明亮,
他一贯做事较谨慎,
不想轻举妄动把事弄糟。

他带着贺腊满回僧房,
要把事情报告爷爷,
他执笔疾书写了封信,
请帕亨达爷爷做主张。

贺腊满接受任务就起程,
带着信件和王妃婻桑卡,
他们抓紧赶路不敢停歇,
从雪山林去到勐达腊迦。

他将信件转交帕亨达,
老王爷打开信件仔细看,
一看便气得脸发青,
越看越觉得问题严重:

"尊敬的爷爷啊,
孙儿此行遇到险情,
乌莎在森林中碰到妖魔,
被韦罗哈抓去勐兰卡。

"他在森林里劫走乌莎,
把她关在铁牢里,
眼下孙儿要去救乌莎,
要救她脱离苦海免受折磨。

"韦罗哈是个缺德的家伙,
　　他的手段极其残忍,
　　我想这事不那么简单,
　　他也不会轻易放乌莎。

"请求爷爷将这一消息,
　　转告我父王有个准备,
　　　要提前调兵遣将,
　　准备与魔王打仗。"

帕亨达预感到事情会闹大,
　　他深知魔王的厉害,
　　营救行动速度要快,
　　他立即调动兵马。

"迅速传下我的命令,
　　　高级将领随行,
　　贺腊满跟随一起,
　　带上帕巴罗写的信。

"立即飞往勐邦果,
　　找我儿子丙比桑,
　　此事不能再迟疑,
　　向他通报紧急情况。"

专门负责急事的官员,
　　领旨骑马飞奔急如风,
　　立即赶往勐邦果王城,
　　贺腊满也跟随他们前往。

他们一到勐邦果王城,
　　走进王宫找到丙比桑,
　　把来意简要作了说明,
　　向国王通报紧急情况。

丙比桑王听到通报,
　　觉得事情来得突然,
　　儿媳妇被魔王抓去,
　　像火燃烧他的心肠。

第六十四章

他意识到事态严重,
必须马上进行动员,
丙比桑王立即传令群臣,
迅速调兵遣将准备打仗。

所有盟国接到命令,
立即进入紧急状态,
各盟国军队赶赴勐邦果,
全副武装严阵以待。

帕亨达王爷行动迅速,
还请来了帕那罗延那,
他带领大家祭拜勐神,
大部队整装待发。

祭拜勐神之后,
老王爷向军队讲话,
他向将士们通报情况,
让大家有思想准备。

"我孙儿又遇到新麻烦,
乌莎不幸落入魔掌,
现在要迅速前往营救,
有可能会打一场大仗。"

所有官员接到命令后,
全部集中到一块商量,
勐邦果方面已准备好,
随时都可以开赴战场。

一百零一个勐的军队,
集中起来有二百八十亿,
每个士兵都英勇善战,
所向披靡从未打败仗。

再说雪山林的帕巴罗,
送走了王妃和贺腊满,
他拜别帕腊西后就出发,
单独行动去营救乌莎。

帕巴罗从天上飞行，
行动神速犹如电闪，
他很快到达勐兰卡，
用神眼看到婻乌莎。

妻子被关在铁牢里，
　这个铁牢很坚固，
他反复观察周围地形，
考虑如何进行营救。

铁牢坐落在石山旁，
地形复杂非常险要，
铁牢周围没有通道，
　一般人进去很困难。

这时乌莎已经有了感应，
知道丈夫来到她身旁，
她合掌闭目听着动静，
向天祈祷保佑夫君平安。

巴罗看到妻子之后，
心里更加忐忑不安，
巴罗先安慰婻乌莎，
　让她尽管放心。

"爱妻啊你不要担心，
我一定救你出牢房，
你不必害怕那坏蛋，
我们一定会打胜仗。"

帕巴罗安慰爱妻后，
心中的怒火已点燃，
他很快找到韦罗哈，
大声痛斥这个魔王：

"你这个蠢猪丧尽天良，
你以为可以称霸一方，
你凭什么劫持我妻子，
还把她关在铁牢房。

第六十四章

"你这个杀人不眨眼的暴君,
我们之间有什么恩怨?
我的妻子如何得罪你?
你凭什么要对她发难?

"你是不是找不到老婆,
才做出这见不得人的勾当?
你别眼中无人目空一切,
看起来你是活得不耐烦。

"你这个大蠢货,
只会到处偷别人老婆,
你把女人关进铁牢房,
你还是不是个男子汉?

"你也不看看我是谁,
不想想关的是什么人?
婻乌莎是我心爱的妻子,
她是世上最善良的姑娘。

"你凭什么把她关起来,
你凭什么要把她霸占,
她看不中你那鬼样子,
她是个守贞节的姑娘。

"你使她哭成个泪人,
你这样做丧尽天良,
你这个不知羞耻的暴君,
你还不赶紧把她释放。

"现在我来把她接回去,
你必须立即把她释放,
你如果不把人还给我,
我要叫你们彻底完蛋。"

韦罗哈听到巴罗痛骂,
顿时勃然大怒,
从来没人敢这样骂他,
他觉得脸面没处放。

"你这个大傻瓜哦,
　你算什么小虫虫,
你竟敢无礼到这种地步,
　不如把小名报给我听。

"你究竟是个啥东西,
　是不是活得不耐烦,
　想到西天去过日子,
来我这里找条通道走?

"本王爷告诉你这个傻瓜,
　这姑娘是神仙下凡,
　她是个仙女不是人,
在森林里采花被我遇上。

"你凭什么说她是你婆娘,
　也不撒泡尿看自己啥模样,
　凭你这样子能娶到仙女,
　你别让老子笑掉大板牙。

"本王爷就有那福气,
　偏偏同这位仙女遇上,
　这就叫天意你懂不懂,
你算个啥东西在这里瞎嚷嚷。

"你不看本王爷是什么人,
　宫中美女成群用不完,
　个个都像美丽金蝴蝶,
　随便一个会把你看傻。

"我现在想问你小无赖,
　凭什么说她是你婆娘?
　你究竟有什么依据啊,
　你可知冒认人妻罪难当。

"本王要劝你一句话,
　别不识抬举瞎胡闹,
　胡说什么要来接人,
你是白日做梦空忙一场。"

帕巴罗压住满腔怒火,
耐心听他把话说完,
觉得这魔王太不像话,
得给他点颜色看看。

"你这个贪婪的大色狼,
你残暴狠毒丧尽天良,
我早该把你千刀万剐,
将你这罪犯剁成肉酱。

"老子若告诉你大名,
恐怕会把你吓破胆,
老子大名叫帕巴罗,
你睁开狗眼好好看。

"我是帕那罗延那的孙子,
我的身世来历不用对你讲,
你这样的魔鬼没有资格听,
说多了浪费我的时间。"

韦罗哈听后更加来气,
他挥动大斧冲向帕巴罗,
他狂妄至极不可一世,
什么人也不放在眼里。

巴罗手握戛西雅宝刀,
立即挥动砍向魔王大斧,
韦罗哈大斧立刻被破碎,
他根本不是巴罗对手。

随后帕巴罗拉起神弓,
射出一支天火箭,
但是没射中韦罗哈,
魔王毕竟也有一身功夫。

飞出去的箭又飞回来,
回到原来的箭匣中,
韦罗哈魔王十分惊恐,
立即叫来大批妖兵。

妖兵手持战刀长矛,
气势汹汹冲杀过来,
　　妖兵人多势众,
团团将帕巴罗包围。

巴罗立即化作彩云,
在妖兵重围中消失,
无影无踪不知去向,
　　妖怪们晕头转向。

彩云变成急风骤雨,
倾盆大雨从天而降,
洪水暴发势不可当,
妖兵在洪水中全死光。

　　滔滔洪水冲向牢房,
将看守的妖兵全淹没,
妖兵的尸体到处漂流,
没有一个能幸免生还。

　　帕巴罗趁着混乱,
将乌莎救出牢房,
他紧抱仙妻飞向天空,
安全降落在勐邦果故乡。

韦罗哈见仙女被救走,
气得怒火冲到头顶上,
　　他发誓要夺回仙女,
立刻召来手下的妖将。

"各位首领仔细听本王讲,
　　　那位神仙姑娘,
是本王在森林里带来,
这全是本王福气使然。

"这位仙女原在雪山林,
是一位采摘野花的姑娘,
根本就不是谁的妻子,
被那个傻瓜白白霸占。

"现在我们要跟踪追击,
打到那个傻瓜的家乡,
夺回那位被抢去的美女,
把她抓回来做本王婆娘。"

韦罗哈魔王训完话,
随即调遣部署军队,
这是他的头等大事,
他要紧急行动出其不意。

他又通告勐兰卡各地,
还告知父亲勐韦扎团魔王,
请求父亲派兵支援,
要把整个勐邦果踏平。

老魔王接到韦罗哈急件,
立即向勐韦扎团各地调兵遣将,
把兵力集结到勐兰卡,
准备开赴勐邦果作战。

军队集结完毕,
总兵力有十四阿呵,
妖兵们武装到牙齿,
武器精锐势不可当。

他们带着弓箭和梭镖,
浩浩荡荡从勐兰卡出发,
他们不走陆地走空中,
空中飞行没有阻挡。

魔鬼们飞到勐邦果王城,
到了王城上空开始下降,
他们把王城团团包围,
围得像铁桶一般。

他们在王城外驻扎下来,
修工事挖战壕,
魔王派出信使前往王城,
向勐邦果正式宣战:

"巴罗抢走我们的仙女,
　　　　你们必须无条件归还,
　　　　如果你们不交出仙女,
　　　我们就让勐邦果完蛋。"

　　　　勐邦果守军听到喊话,
　　　　　根本不买魔鬼的账,
　　　　　他们不怕魔鬼的恐吓,
　　　　　他们的反驳理直气壮:

　　　"你们这些野蛮的魔鬼,
　　　　胡说八道颠倒是非,
　　　　嫡乌莎是我们的王后,
　　　　怎会是没有主的姑娘。

　　　"那天她到森林里采花,
　　　　要献给伯父帕腊西观赏,
　　　　是你们的魔王将她劫持,
　　胡说什么她是捡回来的姑娘。

　　　"我们的国王夺回仙妻,
　　　　　理直气壮光明正大,
　　　你们的魔王韦罗哈是盗贼,
　　　专抢别人妻子是只大色狼。

　　　"魔王是一个丑八怪,
　　　这样的男人肯定没人喜欢,
　　　　找不到老婆就到处去抢,
　　　　专门干见不得人的勾当。

　　"他的丑闻十天十夜说不完,
　　　　他是个强暴女人的虐待狂,
　　　　他关押了许多良家妇女,
　　有的妇女还被迫自杀身亡。"

　　　　魔王的妖兵妖将听到后,
　　　　感到有失体面暴跳如雷,
　　　　妖将气急败坏下令出击,
　　　　　人妖之战就这样打响。

双方交锋互不相让,
彼此都气势汹汹冲向对方,
远距离弓弩大战随之开始,
不一会工夫双方都有伤亡。

两边死伤的士兵一样多,
战死的人数成千上万,
帕那罗延那急忙用仙水施救,
勐邦果的战死士兵全部复活。

在勐邦果的大地上,
生长有这种治伤草药,
这种优势给他们增添了力量,
妖兵妖将们对此莫名其妙。

妖兵打仗也勇敢顽强,
他们前仆后继不退让,
他们都不怕流血牺牲,
把死看做回家乡。

两勐之间在拼消耗,
国王都还未上战场,
先让士兵互相对斗,
谁胜谁负还是个悬念。

帕那罗延那站在一边观战,
他认为这场战争并不简单,
交战双方的势态比较复杂,
其实妖兵还不知为啥打仗。

韦罗哈誓要打败勐邦果,
不达到目的绝不停战,
丙比桑决心消灭勐兰卡,
不获全胜誓不下战场。

帕那罗延那吹口仙气化作金翅鸟,
金翅鸟像一座高山,
金翅鸟飞上了高高的天空,
突然又变出一股巨大龙卷风。

龙卷风刮向妖兵妖将,
所有妖兵都被卷上云端,
妖兵们事先全无准备,
魔王的士兵全部被扫光。

有的士兵被吹到大海里,
成为大鲸鱼的美餐,
有的妖兵被卷到大山顶,
满山遍野到处都是尸体。

有的妖兵被卷到勐兰卡,
摔死在勐兰卡王城中,
有的被吹到天外的勐庄昊,
骨肉分离落在遥远的地方。

魔王看到这种恐怖情形,
被吓得魂飞魄散,
他不得已只好宣布战败,
这场战争很快就收场。

韦罗哈被活捉当了俘虏,
后来他使用妖术逃脱,
韦罗哈逃回老家勐兰卡,
躲藏在家里不敢再外出。

有个名叫西典塔的人,
他是另一个大勐的国王,
他了解魔王韦罗哈本性,
知道他是只贪婪大色狼。

他只身来到勐邦果王城,
拜见帕巴罗和丙比桑,
他还拜见了帕亨达老王爷,
他语重心长地对他们讲:

"尊贵的各位大王啊,
你们已打败韦罗哈,
可是他并没有死,
他又逃跑回老家。

"这个家伙是个大坏蛋,
他的秉性坏透顶,
他是个贪婪好色之徒,
他常在天上独来独往。

"他经常外出巡视流窜,
到处抢劫漂亮小姑娘,
他所到的勐深受其害,
几乎没有一个不遭殃。

"他有一个不可告人的目的,
就是想要别人做他的附庸,
乖乖地听他指挥受他奴役,
一举一动都要看他指挥棒。

"被他劫持的众多美女,
大都是那些国王的婆娘,
这种事情非常多,
三天三夜也说不完。

"被他抢去的所有女子,
个个都是漂亮的姑娘,
他玩够后就让她们当女佣,
吃尽了苦头无一生还。

"因为他样子是个丑八怪,
姑娘见到他就被吓破胆,
对这样一个丑陋的男人,
还得乖乖地同他上床。

"他宣称自己天下无敌,
所有人对他无可奈何,
想要什么就得给什么,
任何人都不得违抗。

"他既残暴又狂妄,
是个杀人不眨眼的坏蛋,
他野心很大想统治人间,
要玩弄天下所有姑娘。

"如果我们都联合起来,
　　就可以把勐兰卡打垮,
再把恶魔韦罗哈抓起来,
　　把这个坏家伙剁成肉酱。

"至于他的十多个附庸国,
　　其实都长期受他的压迫,
勐兰卡岛四边有几个勐,
　　都是勐兰卡大国的联邦。

"自从韦罗哈占领勐兰卡,
　　他的野心就越来越大,
他霸占了更多的地方,
　　目前那里局势动荡。

"我们得赶紧联合起来,
　　把勐兰卡彻底打垮,
否则韦罗哈会得寸进尺,
　　那后果比现在还要糟糕。"

巴罗认为西典塔言之有理,
　　其实他自己已经深受其害,
对这类妖魔一定要除尽,
　　因为妖魔本性不改。

帕亨达王爷认为有道理,
　　但他主张要先礼后兵,
他觉得问题复杂,
　　一下还理不清。

应先向韦罗哈提出警告,
要魔王立即停止罪恶勾当,
如果他不听劝告继续作恶,
　　再联合起来向他宣战。

仗一打响就得听我们说话,
　　到时他韦罗哈没有发言权,
我们想打到哪里就打到哪里,
　　直到把妖魔全部消灭。

帕巴罗认为王爷说得很对,
但他觉得这只是一种策略,
因为魔王江山易改本性难移,
劝说他好比人给大象挠痒。

巴罗按照王爷提出的意见,
一边向韦罗哈发出警告,
一边部署兵力准备打仗,
他下达命令要大家去办。

帕巴罗还传令全勐百官,
到勐邦果王宫集中商量,
研究攻打勐兰卡的事宜,
之后分头制订作战方案。

"每个盟国出兵十亿,
同时建造大型战船,
每艘船要有很大的运载力,
一次可以运送十万人。"

首辅大臣立即行动,
群情激愤摩拳擦掌,
军队经过广泛动员,
众志成城士气高昂。

造船的工匠们干劲十足,
造船的工艺都非常精湛,
他们个个都年轻力壮,
按照国王要求立即行动。

经过日夜不停造船,
造出各种大船有五那腊当,
所有船只都用厚木板来造,
质地坚硬用刀也砍不烂。

木板用铁楔和铜楔连在一起,
大风大浪也冲不垮,
大船的船帮有一个人那么高,
可以运载士兵和战象。

船板全部用厚木板铺盖，
船中间竖着高高的桅杆，
还用两块红布料做船帆，
挂在桅杆顶上非常醒目。

船帆用结实的绳子拴住，
操纵着战船航行的方向，
船员只要轻轻拉动绳索，
　船帆就立刻左右转向。

他们还铸了很多粗铜钉，
把它镶在战船的最底部，
可以防止船底摩擦破损，
预防鲨鱼和海龟碰撞。

他们还做了两个大铅球，
　每个铅球重达五万斤，
　用铜链穿上挂在船边，
战船停泊时就能用得上。

如果想要在哪里停船，
　就将大铅球放到水底，
　船就会停在那里不动，
走时再将铅球拉到船上。

将铅球拉上来放在甲板上，
然后再拉动绳索扬帆起航，
定好方向把绳索系在桅杆上，
船就会按照航向驶向前方。

工匠们竭尽全力日夜赶工，
每个勐都在三个月内造好，
他们制造了战船和各种武器，
巴罗下令集合到勐涅罕港口。

这些战船建造得非常坚固，
不但战船上竖起高高风帆，
　战船底部还包着厚铁板，
甚至战船的甲板也用铁板。

战船四周有若干窗户,
窗户上还安装玻璃板,
战船做得非常牢实,
不怕大鲨鱼来碰撞。

暴风骤雨船里也不会漏水,
天气炎热船里也很凉爽,
他们做好了一切作战准备,
帕巴罗开始下达命令:

"一定要将勐兰卡国打下,
叫它们归顺于勐邦果管辖,
我们对海岛的情况不熟悉,
千万要摸清底细不可蛮干。

"苏念答和萨哈嘎帝,
韦达普和帕瓦沙,
帕卡帝亚和其他勐的帕雅,
去攻打东部的几个岛国。

"贺腊满跟着王爷一起,
还有坦麻和桑卡,
加上罗麻岛和昂古拉岛国军队,
作为主力军队进攻正前方。

"盟国军队都加入我们的队伍,
基利岛国加入纳林答队伍,
些腊和细点达加入丙比桑队伍,
这样我方军队更加壮大。

"父王和本王官兵,
作为先头部队马上出发,
第一批出动战船一万艘,
每艘船运送兵力十万人。

"战船要分期分批运送军队,
以最快的速度把军队运送完,
出动八亿军队强行登陆,
占领岛上所有港口。

"第一批登陆后先占领西边,
　作为根据地一定要守牢,
　占领岛屿之后作为内应,
　阻止敌军到码头来扰乱。

"第二批军队紧接着就上,
　由苏念答担任总指挥官,
　这部分的兵力可少一点,
　将领和士兵总数七千万。

"所有的将领全部出动,
主要任务是抢占有利地形,
严密控制各个港口制高点,
　掌握战斗的主动权。

"第三批由王爷亲自率领,
　总兵力达到七万万,
　由十万艘战船运送,
　包围勐兰卡岛的南方。

"我们从四面包围孤岛,
　形成四面夹攻的态势,
　把敌人控制在岛中央,
　卡断后路再打歼灭仗。"

巴罗对兵力进行部署,
　还专门安排军需食粮,
　大家各就各位做准备,
　听候命令随时起航。

给韦罗哈的警告毫无回音,
这个老魔王果然不出所料,
　他根本不接受教训,
　还想垂死挣扎负隅顽抗。

于是巴罗发布命令,
　万艘战船起锚扬帆,
　目标直取勐兰卡岛,
　船上旗帜迎风飘扬。

大海上波涛汹涌,
阻挡不住战船奋勇向前,
船队行驶在大海中,
气势磅礴浩浩荡荡。

战船上还载有小快艇,
小快艇有两千六百万艘,
小快艇用来浅水登陆,
因为大战船无法靠岸。

各军队已先后上船,
参战军队有三十六阿呵,
按照航海指南针全速前进,
在海上航行了一个月。

大部队来到勐兰卡岛南边,
抵达了勐甘达腊港,
勐甘达腊是个国家,
这次同勐邦果结成联邦。

帕巴罗写了一封信,
送给了勐甘达腊国王,
信件向他说明来意,
要他全力配合作战。

甘达腊国王认真看信件,
了解了整个作战方案,
国王立即发出通知,
召见全国文武大官。

他把官员们召集到宫里,
当众宣读帕巴罗信函,
要大家领会信件内容,
认真研究作战方案。

"'尊敬的勐甘达腊国王,
我们已来到贵国地盘,
我们初来人地生疏,
不熟悉这里的情况。

"'我们此来的主要目的,
　　就是消灭韦罗哈魔王,
　他是个丧尽天良的家伙,
我们要同仇敌忾携手作战。'

"你们现在明白了意图,
　知道他们打击的对象,
　勐邦果要同我们合作,
这是好事大家不必惊慌。

"你们对此有什么想法,
　提出来我们一块商量,
　大家可发表自己见解,
提出各自的看法主张。"

　大臣们听到这一消息,
　都拍手叫好群情激昂,
　对韦罗哈早已恨之入骨,
　恨不得把他剁成肉酱。

"韦罗哈这个恶魔暴徒,
　是个罪恶滔天的坏蛋,
　是个干尽坏事的刽子手,
　是一只贪婪的大色狼。

"不消灭他民无宁日,
　邻国长期受他侵犯,
　我们要全力配合,
　把魔王彻底消灭。

"现在勐邦果盟军已到来,
　为消灭韦罗哈远渡重洋,
　他们的军力如此强大,
　韦罗哈不会有好下场。

"但盟军远渡重洋,
　精力已疲惫不堪,
　对这里地形又不熟悉,
　一下子要打赢有困难。

第六十四章

"因此需要我们全力配合,
我们责无旁贷要积极参战,
只要我们配合得好,
就一定能够打胜仗。"

国王听到各位将领表态,
心里感到无比欣慰,
增加了他打胜仗的信心,
他继续对大家说:

"远方盟友来帮我们,
我们求之不得,
我们要提供各种条件,
全力协同他们作战。

"不论人力物力还是财力,
只要能提供的都拿出来,
只要能消灭韦罗哈魔王,
竭尽所能乃至生命财产。"

勐甘达腊国王下令,
全体官员将领,
迅速赶到海边集合,
欢迎盟军进城。

他要求军民做好接待,
要热情为盟军送茶水做饭菜,
加强双方的友好合作,
给初来乍到的盟军温暖。

勐甘达腊国王叫来文官,
给勐邦果国王写复函,
派使臣送到盟军驻地,
表明会全力以赴协同作战。

巴罗接到了这个回信,
衷心感谢勐甘达腊国王,
巴罗又同其他勐联系,
联合更多盟国的力量。

北面的苏念答军队也赶到,
各地友邦都表示积极参战,
此次征战勐兰卡非常顺利,
得到各国盟军的积极响应。

这是大国之间联合行动,
最高统帅由帕巴罗担任,
王爷和父王为巴罗当参谋,
准备选择良辰吉日开战。

盟军从四面八方围住勐兰卡,
等候帕巴罗发出进攻信号,
他已派出传递指令的使臣,
到各战区传达他的战前令。

所有带兵的指挥官,
必须在一天内集中,
战船全部集结到各码头,
时间一到全部投入战斗。

从勐甘达腊出发到战场,
还要航行七天时间,
而到达勐兰卡海域时,
距到岸还有七由旬海面。

勐兰卡所有海上通道,
全部被盟军船队封锁,
军用船只有七十万艘,
停泊在各个沿海码头。

第六十五章
战妖魔同仇敌忾
韦罗哈战死沙场

听吧,美丽的姑娘,
哥要继续把故事讲,
要讲大军讨伐勐兰卡,
把这个故事全部讲完。

五个联邦岛国的总头目,
他们按要求将战船造好后,
就集中在细点达岛国里,
然后派人送信去禀告巴罗。

帕巴罗命令帕雅先墩,
率领八阿呵将士,
留在勐邦果看家,
以防敌人绕道偷袭。

第六十五章

然后帕巴罗把任务分配,
让每个将领带一支军队,
又让盟国军队加入进来,
壮大各国的军队力量。

他又命令将士们着手搬运东西,
将粮食财物和金银等物品,
还有弓弩宝剑和长枪等兵器,
全都搬运到战船里摆放妥当。

一切准备就绪,
巴罗下令起航出征,
军队乘战船到达细点达岛国,
准备向勐兰卡发起进攻。

帕巴罗率领庞大战船队，
驶入勐甘达腊岛国后派人送信，
要勐甘达腊国王给予协助，
调集一那腊当的战船引路。

勐甘达腊国王接到信件后，
随即下令全力协助，
调集一那腊当的战船，
为帕巴罗引路到帝萨岛。

帕巴罗登上岛之后，
征服了帝萨岛国，
接着又登陆麻图腊岛，
又征服了麻图腊岛国。

帕丙比桑率领的军队，
总计有八那腊当艘战船，
他率军队登陆木腊当岛，
把这个岛国包围起来。

然后派人送信给该岛国王，
信里告诉国王说：
"木腊当岛国的帕雅，
你们已经被我军包围。

"如果你要投降的话，
就将白华盖交给勐邦果，
要是想和我们交战呢，
恐怕你就活不到明天。"

木腊当岛国的帕雅看完信，
意识到灾难降临自己国家，
就派人把婆罗门国师召来，
要他们占卜未来凶吉祸害。

国师们经过推算之后，
就向帕雅叩拜禀报说：
"奴的大王啊，
我们勐的命运已经衰落。

"如果和人家交战,
我们勐真的就会灭亡,
我们应该与他们交好,
归顺他们才是明智之举。"

木腊当岛国的帕雅听后,
就派人带着贡品前往,
去迎接帕丙比桑进入王城,
表示愿意归顺勐邦果。

帕丙比桑对帕雅说:
"如果你们要与我们交好,
那你们就赶快召集士兵,
再准备一那腊当的战船。

"同我们一起攻打勐兰卡,
我们的目标是歼灭韦罗哈,
收复被他强占去的勐兰卡,
使周边诸岛国民众得到平安。"

木腊当岛国的帕雅听后,
调集了一那腊当的战船,
加入帕丙比桑的队伍,
参加围剿韦罗哈的战斗。

帕丙比桑又以同样方法,
收复了干塔岛国和术答岛国,
还有坦麻岛国,
使军队力量越来越强大。

帕纳林答率领的军队,
也有八那腊当战船,
他们去包围金达岛,
然后送信给该岛国王:

"听着,金达岛国的帕雅,
你们已经成为瓮中之鳖,
是要将白华盖交给勐邦果,
还是要和我们交战?"

金达岛的帕雅见信之后，
感到非常害怕，
生怕灾难降临自己勐里，
但又不愿意将国家拱手相让。

他向大臣们发出紧急通知，
让他们火速进宫商议国事，
到底是发兵抵抗好呢，
还是俯首称臣为妙？

大臣们赶来之后，
金达岛帕雅说明情况，
把发生的事情告诉大家，
问大家究竟该怎么办？

有一位大臣说：
"奴的大王啊，
据奴所知敌人力量很强，
他们有三十那腊当战船。

"再说东方四岛已投降，
北面四岛也被他们征服，
他们战船更多军力更强，
要抵抗恐怕不那么容易。

"如果我们和他们交战，
即使打赢也会有很多损失，
如果打不赢我们损失更大，
甚至我们的勐可能被灭亡。

"奴的大王啊，
既然周边岛国都被征服，
我们也应该同他们和谈，
这样才是最明智的选择。"

金达岛国的帕雅听后，
就让官员们去做准备，
把贡品献给帕纳林答，
向他们表明归顺意愿。

金达岛愿意结成友好邻邦,
答应出兵攻打勐兰卡,
还派出一那腊当艘战船,
使帕纳林答军队力量增强。

帕纳林答接收了金达岛,
又以相同的方式,
相继收服了桑噶麻岛国,
还有萨罗岛和先杂那岛。

帕纳林答非常顺利,
不仅增加了四那腊当战船,
还增加了大批将士,
使军队战斗力成倍增强。

眼看总攻击时间临近,
帕亨达和昆代开始行动,
他们穿上仙鞋从空中飞去,
与丙比桑父子和纳林答会合。

选定的时间终于到来,
千千万万的战船起航,
载着三十六阿呵将士,
直取勐兰卡岛。

他们日夜兼程连续航行,
一个月零十五天才到达勐兰卡,
军队到达后下船休整,
在勐兰卡边境上安营扎寨。

帕巴罗发出进攻命令,
军队立即登陆抢占滩头,
此时勐兰卡魔王韦罗哈,
才发现盟军已包围岛的四周。

他措手不及心里恐慌,
他气得暴跳如雷,
事到如今只有一条出路,
准备做最后决战。

勐兰卡岛沿海的村民,
看到岛的四周布满战船,
他们弄不清船从何来,
心里非常害怕。

他们纷纷跑进城里王宫,
向韦罗哈魔王报告情况,
其实他早已知道消息,
对报告的百姓呵斥一番。

韦罗哈本来心情很乱,
听到报告后更加慌张,
他卷起袖子猛击桌子,
声嘶力竭大声乱嚷。

他下令官员击鼓,
宫殿的大鼓击得震天响,
鼓声急促响个不停,
很快传遍四面八方。

听到鼓声的居民要赶到城中,
在王宫广场听魔王训话,
听到鼓声无动于衷的人,
会被拉出去斩首示众。

这样一来大家非常害怕,
走慢了怕脑袋保不住,
官员们也是提心吊胆,
他们敲着铓锣挨家叫唤。

一时间敲锣声四处响起,
王城里充满恐怖气氛,
整个勐兰卡岛百姓,
精神格外紧张。

他们个个连走带跑,
毫无目的到处乱窜,
有的人说话都颤抖,
有的人甚至抱头哭喊。

战斗还未真正打响,
城里头已经一片混乱,
人们害怕被打死,
又怕打烂家里坛坛罐罐。

韦罗哈不管百姓死活,
他立即召集各位大将,
研究如何进行对抗,
他六神无主却又要反抗。

韦罗哈作为全勐最高统帅,
手下还有众多将帅军官,
第一位名将有砍不死的本事,
他的名字叫阿腊汪伽。

第二位大将名叫帕兰达,
他什么人也不怕,
打起仗来很机灵,
其他将领都比不上他。

第三位将领叫松巴瓦,
他号称常胜将军,
足智多谋有心机,
软硬兼施有一套。

第四位将军叫帕嘎腊瓦帝,
他是一名强悍的大将,
他讲话粗声粗气,
像猎人撵山吆喝一样响亮。

第五位将领叫金达些纳,
他擅长用弓箭打仗,
他总是离不开弓箭,
哪怕去玩也不离身旁。

第六位将军叫丙巴些纳,
他最善于火攻,
一打仗他就玩火,
人们称他为火将。

第七位将领叫麻那金达，
他油嘴滑舌能说会道，
说话时很会钻空子，
死人也能说成活人。

第八位将领叫腊卡，
讲起话来大道理一套，
他的武艺也很不错，
他的拳击常人无法反抗。

第九位将领叫纳腊郎，
满腹经纶是个文武全才，
他最善于谋划调动军队，
他的这一招像野蜂一样厉害。

这个将领还善于搞情报，
别人搞不到的他全搞得到，
所有消息都能记在脑子里，
敌人最怕他这一招。

第十位将军叫昆那帕，
这个人最爱打瞌睡，
他一旦睡着很难叫醒，
这种习惯令人伤脑筋。

但打起仗来他不会睡觉，
几天几夜不睡也没问题，
他打夜仗很有名气，
在战场上总是特别清醒。

第十一位大将叫麻卡里，
他身材魁梧体格健壮，
他的力气抵得上三头大公牛，
所有的重型兵器都归他管。

勐兰卡的大将有十二位，
还有一位叫韦麻那，
韦罗哈对他们特别器重，
每位大将统率人马一阿呵。

让他们在勐兰卡王城外围驻守,
形成全面抵抗的防线,
还要他们拿着火箭和弓弩,
不惜代价死守勐兰卡王城。

五位大将接到命令,
立即调兵遣将做好准备,
他们按大王命令行事,
个个磨刀霍霍全副武装。

韦罗哈布置好兵力,
要同勐邦果联军决一死战,
他们严密把守勐兰卡王城,
决不允许外强侵犯。

王城四周构筑有防御工事,
一般常规战全能抵挡,
有了战壕不会消耗兵力,
要打垮他们非常困难。

盟国军队开始发动攻击,
军队之多如同蚂蚁一般,
在帕巴罗的指挥下,
很快就突破了第一道防线。

帕巴罗看到敌人工事坚固,
要硬拼确实非常困难,
于是他采取引蛇出洞战术,
他放开嗓门向敌人大声叫喊:

"勐兰卡的军队全是胆小鬼,
谁也不敢出来迎战,
看起来你们没什么本事,
只会待在战壕里躲藏。

"如果你们不能打仗,
不如及早投降,
低头认输就是了,
何必装成那个熊样。

"你们都不敢出来,
因为只会自取灭亡,
你们那点本事算什么,
你们的命不值白银一两。"

韦罗哈被骂得心里痒,
他受不了这种挑战,
他立即回敬帕巴罗,
他想打击对方的嚣张气焰。

"老子是个堂堂的国王,
老子早就称霸一方,
老子管辖一百零一个勐,
有一百零一座辉煌的王宫。

"虽说老子已年过半百,
老子依然身体健壮,
老子从未向谁低头,
老子从来没打过败仗。

"老子没有真正对手,
我没把你放在眼里,
你也逃不过我的惩处,
我劝你还是及早投降。

"我看你是条男子汉,
老子也不是白吃饭,
如果你不服气的话,
你我就在战场上较量。

"因为老子有福气,
才把你们引到这地方,
要是你们不找上门来,
老子心里闲得发慌。

"如果你们害怕丢性命,
现在收兵为时不晚,
本王可以饶你们一命,
让你们回去见婆娘。

"如果你们硬要打的话,
　　我也只好奉陪到底,
　　不过我得提醒你们,
本王的刀不是吃素的。"

双方经过一番唇枪舌剑,
　　彼此心中的气发泄完,
　　骂完之后开始动武,
无数的傣兵用箭互射对方。

隆隆的轰鸣声震动山野,
　　好像狂风暴雨一般,
　　士兵们越射越起劲,
是否射中目标全不管。

　　韦罗哈颇有心机,
他有攻击的重点方向,
他的目标是对准帕亨达,
　　他知道打蛇要打七寸。

只要进攻帕亨达王爷,
巴罗的阵脚就必定乱,
只要巴罗分散了精力,
就能削弱他的军队力量。

韦罗哈方面射来的箭,
　　全都被帕亨达接住,
　　王爷念咒语作战,
使射来的箭全掉落地上。

　　对方的箭全部带火,
　　听到咒语全部熄灭,
　　韦罗哈非常恼火,
因为火箭无一命中目标。

王爷骑着战象驰骋沙场,
　　他年纪虽大身体强壮,
他向魔王方向射出神箭,
　　像闪电一样发出火光。

王爷的箭又狠又准,
一箭就射中大将阿腊汪伽,
这是勐兰卡第一将领,
他一声不吭死在战场上。

帕兰达见状赶来帮忙,
企图救起阿腊汪伽大将,
不想让他尸体丢弃野外,
驮回去送还他的寡妇婆娘。

帕兰达先用弓箭反击,
企图打退强大的敌人,
但是射来的箭全没用处,
被王爷的宝刀砍断。

帕昆代射出朗罗箭,
这箭号称所向无敌很不简单,
这一箭射中帕兰达肋腋,
帕兰达从象背滚落地上。

帕兰达再也爬不起来,
他一命呜呼随即气断,
他本想救人反把命丧,
可惜没留下半句遗言。

松巴瓦看到失去两员大将,
心里着急无比难堪,
他骑着大象冲过来拼杀,
想决一死战为弟兄报仇。

布塔将军见松巴瓦气势汹汹,
随即冲过来把松巴瓦阻挡,
两人刀对刀厮杀起来,
展开一场人象大混战。

两位将军用战刀搏斗,
两头大象用利牙对抗,
战刀砍杀冒出火花,
象牙碰撞叮当直响。

经过多次拼杀难分难解,
双方对打都非常勇敢,
谁的手脚和眼力迟钝,
就会被对方打中身亡。

布塔将军武功高强,
左右开弓刀法不乱,
他时而向左拼杀,
时而又向右猛砍。

松巴瓦被弄得晕头转向,
他招架不住无法抵挡,
他的头颅被一刀砍下来,
身子随即从象背滚下。

松巴瓦战死的消息传开,
战场上的士兵心惊胆战,
盟军知道后高声欢呼,
整个战场热闹非凡。

勐兰卡已失去三员大将,
士兵们只顾逃命一片混乱,
有的士兵还算义气,
捡起松巴瓦的头就跑。

腊卡将军见此情景,
冲过来制止士兵逃跑,
他对着逃兵大声吼叫,
想为勐兰卡壮胆:

"你们都休想逃离战场,
有种的就留下继续战斗,
如果你们临阵脱逃,
我要灭绝你们家族八辈。"

经他这样一吼叫,
逃命的士兵停下不敢跑,
大家都被他吓呆了,
因为他的嗓门特别大。

士兵们只好横下一条心，
逃跑也死留下也亡，
与其跑回家等死，
倒不如死在战场上。

昆那帕组织逃兵又投入战斗，
军队的士气显然不高，
他们像蚂蚁一样爬行，
前进的速度非常缓慢。

昆那帕指挥逃兵反击，
密集的箭飞向坦麻大将，
坦麻避开如雨的飞箭，
他的战刀却被打烂。

坦麻丢掉战刀改用弩箭，
一箭把勐兰卡官兵射倒三十万，
韦麻那又拿起他的弓箭，
一箭射向桑卡大将。

桑卡将军立即避开，
幸亏没被射中，
韦麻那这一箭威力很大，
勐邦果死伤了大批士兵。

桑卡将军立即冲杀过去，
向勐兰卡士兵大肆反击，
他要报这一箭之仇，
他不会让士兵白白送命。

他射出闪亮的帕纳来箭，
击中了韦麻那大将，
韦麻那从象背掉下来，
永别了自己的婆娘。

战场上顿时欢声四起，
勐邦果的士气更高昂，
双方的士兵刀剑对杀，
喊杀声在战场上空回荡。

勐兰卡的士兵节节败退，
　　纷纷逃进战壕里避难，
他们抵挡不了对方进攻，
　　丢下阵地只顾逃亡。

他们逃进城里的大碉堡，
　　城外的阵地全都丢光，
勐兰卡方面的十二名将军，
　　已有四名战死在沙场。

活着的八名将军逃得快，
逃进城里报告韦罗哈魔王，
他们向魔王详细禀报战况，
魔王听后心里像刀刺一样。

　　他非常痛苦感慨万千，
他承认勐邦果将领实在高强，
　　他们一个也没被打死，
　　他们同我们就是不一样。

随后他召集八位将领，
　　同他们进一步商量，
魔王儿子毕亚沙也发言，
他跪下阐述了自己的主张：

"父王啊尊贵的父王，
　　依我看我们很难打胜仗，
人家是多国联军兵强马壮，
　　而我们势单力薄很孤单。

"再说我们已失去十二个领地，
　　我们的势力范围明显缩小，
而他们的力量却越来越强，
　　我们会更加被动和困难。

　　"我们不如趁早求和，
否则我们的人民将更悲惨，
　　很多人会在战争中丧生，
　　也会失去更多的财产。"

韦罗哈听了儿子的劝说,
怒火烧到了头发端,
他骂毕亚沙是不孝之子,
他威胁要砍下他的脑袋:

"你不要再瞎嚷嚷,
你这败家子尽说泄气话,
再说我就把你宰了,
把你的头拿去供奉碉堡。

"老子白白把你养大,
以为养大可以帮我忙,
没想到你这样没出息,
你是不是要气死我才心甘。

"你有什么资格叫我停战,
又有什么资格叫我投降,
当今世上我不怕任何人,
小心老子把你剁成肉酱。"

毕亚沙听了父亲的谩骂,
猜想自己明天可能完蛋,
父亲可能真的会把他杀掉,
倒不如及早逃亡为妙。

主意一定他就行动,
他趁着夜黑风高,
带着妻子逃出宫殿,
前去投靠帕亨达王。

毕亚沙见到老王爷,
跪下向王爷请安,
帕亨达王爷安慰他,
叫他不必着急惊慌。

"毕亚沙王子啊,
你放心地住下来吧,
你可以协助我做事,
不必为自己担忧。

"我们虽然远征这地方,
　　并非我们贪婪好战,
　　因为你父亲太不像话,
　　他做事实在太荒唐。

"他违背了做人的规矩,
　　他违反了古老的规章,
　　为了制止他的残暴行径,
　　我们被迫向他宣战。

"我们对他已仁至义尽,
　　先礼后兵是我们的立场,
　　为了伸张人间正义,
我们不得不打到你的家乡。

"我们采取这一行动,
　　目的是要他回心转意,
　　如果他不听我们的忠告,
　　我们就叫他彻底灭亡。

"我们并非为了掠夺钱财,
　　也不是想抢占别人领土,
我们远渡重洋来这里打仗,
　　都是为了正义和平。

"现在你应该明白,
　　你的父王是个什么样子,
　　你已经看出他的真面目,
　　不想跟着他胡来。

"你父王是个凶残的魔王,
　　你同他决裂我很赞赏,
　　你就安心地住下来,
　　你算是躲过一场灾难。"

　　毕亚沙边听边点头,
他觉得王爷的话顺理成章,
　　他感激王爷的搭救,
他把肺腑之言向王爷讲:

"小辈向你们看齐,
小辈站在你们一边,
小辈一定尽心尽力,
小辈同你们并肩作战。

"小辈也可以做点事情,
小辈有占卜的特长,
小辈占卜的准确率高,
我可以为王爷效劳。

"如果有谁企图破坏,
我能一眼把阴谋看穿,
我不会冤枉一个好人,
也不会放过任何坏蛋。"

王爷认为小伙子诚实,
把他同魔王分别看待,
他同魔王虽有血缘关系,
但父子走的并非一条道。

王爷得知他有占卜特长,
对他也倍加赞赏,
王爷一贯器重人才,
用人所长是他一贯主张。

到了次日天刚蒙蒙亮,
魔王才知道儿子已背叛逃亡,
他气得火冒三丈脸色发黑,
可惜他知道已晚。

他更加憎恨儿子,
他恨儿子叛变投敌丢他的脸,
他恨不得立即把儿子宰掉,
可惜此时儿子不在跟前。

至于帕亨达王爷,
对毕亚沙的投靠如获至宝,
他认为魔王阵营已瓦解,
便叫来毕亚沙询问情况:

"毕亚沙王子啊,
王爷要向你了解情况,
希望你如实告诉我,
不可将真实情况隐瞒。

"你父王究竟有多少兵力?
军队的战斗力怎么样?
要是我们发动总攻击,
最后结局会怎么样?"

毕亚沙听后合掌施礼,
他不敢隐瞒父亲真实情况,
他如实供出父亲的机密,
向王爷把真实情况讲:

"我父王那边的实力很强,
他本人的武艺也不简单,
他的总兵力有十八阿呵,
他有一把神弓有无穷力量。

"能把天空射穿一个窟窿,
一箭能叫千军万马伤亡,
我父王还有一个秘密,
就是怎样杀他都不会死。

"有人企图烧死他,
不料越烧他的个头越长;
有人企图杀死他,
不料越杀他的力量越强。

"任何人对他没办法,
没有人敢同他较量,
跟他斗的人都以失败告终,
他的本事实在很高强。"

毕亚沙的介绍,
让帕亨达知道魔王的厉害,
帕亨达王爷冷静沉思,
想了好久依然未开腔。

究竟要采取什么办法,
才能对付这残暴魔王,
他反复琢磨想不出主意,
仇恨的怒火燃烧他的心。

"亲爱的王子啊,
你的眼睛很明亮,
难道就没有什么办法,
可以杀掉你的父王?

"爷爷想要除掉他,
为民除恶人心所向,
你说有什么办法,
才可以除掉这大坏蛋?

"你有什么好主意,
不妨说出来,
你应该大义灭亲,
帮助除掉万恶的父王。

"现在爷爷左思右想,
只有你最了解魔王,
你应该说出来,
不要对爷爷隐瞒。

"这样对大家都有好处,
你今后生活也才有安全感,
全勐人民都不会忘记你,
你不要优柔寡断。

"你有什么办法尽管说出来,
只要办法可行就会采纳,
只有除掉韦罗哈,
勐兰卡才能兴旺发达。

"为了勐兰卡人民的利益,
也为了你自己的前途,
你应该把秘密告诉我,
这就叫做公道和正义。"

毕亚沙向王爷合掌施礼,
他觉得王爷对他期望过高,
他深感内疚和惭愧,
便向王爷说明详情:

"其实小辈也不知道内幕,
并非小辈有意隐瞒,
爷爷要打败他别太着急,
小辈可以占卜他致命的地方。

"通过占卜探明他的弱点,
然后抓住他的弱点不放,
晚辈只有这点本事,
请爷爷相信我说的全是实话。"

随后毕亚沙拿出粉笔,
在地上画来画去推算,
他微闭双目掰起指头,
口中念念有词若有所思。

他所学到的这一招,
是一位大师向他传授,
他的动作非常特别,
与别的占卜师不一样。

他在地上画了一个大八字,
然后在八字上做文章,
他占卜得非常仔细,
连父亲的生活用品也用来推断。

韦罗哈的床上用品,
比如被子和床单,
甚至平常穿的裤子衣衫,
全都用作推断之物。

他看到了韦罗哈尸体停放处,
尸体出现在占卜板上一个格子里,
毕亚沙已测出他的凶兆,
他于是禀报帕亨达王:

"勐韦扎团国内有个山洞,
这个山洞特别深长,
山洞里有个山鬼,
守护着韦罗哈父王的心弦弓①。

"那个山鬼特别厉害,
无人能把父王的心弦弓扯断,
父王的命连着心弦弓,
心弦弓一断他也就完蛋。

"我们要找一个强悍的人,
去抢夺山鬼的弓弩,
用山鬼的弓弩装我们的箭,
用这把箭就能将他杀死。"

帕亨达听后觉得有道理,
他点头同意毕亚沙主张,
他于是叫来帕巴罗,
重新修改作战方案。

帕巴罗下令缩小包围圈,
把韦罗哈困在城里边,
不让他有逃跑退路,
让他躲在城里进退两难。

帕巴罗找来捧麻巴利善,
向他交代特殊任务,
巴罗对他寄予重望,
把重任压在他肩上。

帕巴罗亲自指挥军队,
向勐兰卡王城步步逼近,
韦罗哈见状心里着急,
以为对方要准备攻城。

---

①心弦弓:传说心弦弓维系着主人的生命,心弦弓断了,主人就死了。

勐邦果的军队缩小包围圈,
向韦罗哈的阵地步步逼近,
韦罗哈就叫士兵们反击,
用天斧箭射向帕丙比桑。

帕丙比桑被乱箭射中,
当即被射死掉下战象,
帕那罗延那见状忙赶过去,
用仙水洒在丙比桑身上。

帕丙比桑随即死而复活,
他翻身骑上战象,
挥动手中武器,
又生龙活虎与敌人作战。

纳腊郎也用火箭射向巴罗,
巴罗闪身避开没被射中,
巴罗用那腊牙神弩反射过去,
纳腊郎中箭从象背滚卜死亡。

帕亨达用弩箭射向韦罗哈,
韦罗哈中箭摔下象背,
他当场死去可一转眼又复活,
个头比原来高出一庹多。

他双手提着宝剑飞上高空,
挥舞着宝剑如同闪电一般,
帕亨达大王见状心里纳闷,
想要杀死他确实非常困难。

他想起毕亚沙所说的话,
立刻下令捧麻巴利善出发,
前往勐韦扎团山脚下的山洞,
取韦罗哈放在那里的心弦弓。

他还叮咛捧麻巴利善,
告诉他心弦弓被一个山鬼守护,
那个山鬼特别难对付,
他要捧麻巴利善加倍小心。

王爷把任务交待完毕,
捧麻巴利善接受了任务,
他确定自己要去的方位,
立即动身腾飞而去。

眨眼工夫他到达目的地,
一个人来到勐韦扎团,
他找到了那个山洞,
进入洞中深处。

这个洞有三百多尺深,
里面漆黑不见阳光,
捧麻巴利善看到山鬼,
长相丑陋特别凶恶。

他是一个会吃人的山鬼,
吃掉多少人已无法计算,
他吃人从来不吐骨头,
方圆几十里的人全被他吃光。

山鬼见到捧麻巴利善,
感到非常突然,
竟然有人敢闯山洞,
山鬼扑过去想把他吃掉。

捧麻巴利善早有准备,
他对着山鬼口念咒语,
山鬼立刻被咒语镇住,
就像钉了钉子无法动弹。

这是对付山鬼的高招,
没有这一手捧麻巴利善也不敢进洞,
他把山鬼镇住之后,
才慢慢开口对他讲:

"我不是来找你麻烦,
有件事要跟你商量,
我想借用你保护的心弦弓,
你只要拿出来就可保平安。

"你替韦罗哈保管一把心弦弓,
这把心弦弓对我有用场,
你如果拿出来就不杀死你,
如果不合作就叫你完蛋。"

山鬼被眼前的事吓呆,
他的心里无比慌张,
他还弄不清发生什么事,
无法考虑应该怎么办。

此时山鬼迫于无奈,
又怕捧麻巴利善将他劈两半,
他只好乖乖拿出心弦弓,
保住自己性命更重要。

捧麻巴利善拿到心弦弓,
立即冲出山洞飞上云端,
离开山洞之后,
漂洋过海回到勐兰卡战场。

他将心弦弓交给帕亨达,
帕亨达王爷无比高兴,
他掌握了韦罗哈命运,
魔王横行的日子已不长。

此时前线正在激烈战斗,
韦罗哈亲自指挥打仗,
他亲自谋划各路兵力,
他声嘶力竭吆喝叫嚷。

但各路人马都很怕死,
进一步退三步裹足不前,
韦罗哈见状非常生气,
他就带头冲向前方。

他亲自冲锋陷阵,
将军们紧跟后边,
大臣们骑着战马,
指挥官骑着大象。

个个手握长刀乱冲乱杀,
总算顶住敌人的攻打,
韦罗哈靠着自己冲锋陷阵,
才避免了全线崩溃。

勐庄昊韦扎团魔王之父,
他住的地方非常遥远,
他听到勐兰卡起战事,
并且面临被侵占的危险。

老魔王非常着急,
从勐韦扎团派出妖兵支援,
勐韦扎团的总头目叫汗勃,
他是一位有名气的大将。

他率领大队人马,
从天上飞往勐兰卡,
军队都是精兵强将,
打起仗来都很勇敢。

这时帕那罗延那用他的神眼,
看到千里外的妖兵动向,
眼看妖兵们很快就赶到,
他们将壮大韦罗哈的力量。

帕那罗延那心里在想,
不能让妖兵加入战场,
在妖兵们赶到之前,
他立即采取阻击战。

帕那罗延那念咒语化作金翅鸟,
金翅鸟变成一座大山,
堵住援兵经过的道路,
把妖兵的去路给掐断。

妖兵们立即绕道行走,
金翅鸟又腾空飞翔,
金翅鸟飞到妖兵头顶,
扇动巨大的翅膀。

金翅鸟化作一阵狂风,
狂风引来无数飞箭,
箭飞到高高的天际,
飞到很遥远的地方。

飞箭从遥远的天边,
突然又飞回原来地方,
飞箭纷纷射向妖兵,
一下就把妖兵歼灭一大半。

妖兵变成了断头鬼,
现回了自己的原形,
有的是熊头和虎头,
有的是龙头和狮子头。

有的是猴头和猩猩头,
有的是猪头和牛头,
妖兵全部现了原形,
没有一个是人样。

这些怪模怪样的动物,
纷纷向金翅鸟冲杀过来,
金翅鸟不断扇动大翅膀,
把飞来的断头鬼扫光。

断头鬼非常顽强,
扫光一批又飞来一批,
任金翅鸟如何用力扫,
断头鬼总是没完没了。

帕那罗延那见此状况,
马上又施一法,
他拔出身上汗毛,
吹口仙气变成云嘎神王。

云嘎神王变出很多神兵,
鬼怪妖兵也很勇敢,
他们不畏云嘎神王的威力,
同云嘎神兵进行对抗。

不管云嘎神兵怎样刺杀,
妖兵前赴后继蜂拥而上,
他们成群结队地冲锋,
向云嘎神兵乱杀乱砍。

妖兵们非常得意,
以为能战胜云嘎神兵,
不料云嘎神兵有的会死有的不会死,
不会死的越杀越多越打越强。

杀死一个会变成一双,
杀死两个会变成两对,
杀得越多会变出越多,
妖兵们越打越不敢打。

妖兵妖将还有个错觉,
把死去的云嘎神兵当作美餐,
当他们杀死神兵之后,
便抢吃神兵肉充饥肠。

云嘎神兵大批死去,
勐韦扎团妖兵疯狂抢吃,
他们以为吃到肚里不会复活,
还越吃越觉得美味甘甜。

但是他们万万想不到,
被他们吃进去的神兵,
进入他们的肚子里就复活了,
立即把妖兵的心筋扯断。

肚子里的神兵还抠坏妖兵心肝,
使妖兵一个接一个完蛋,
他们从空中掉下来,
摔到地面立即死亡。

这时整个天空一片黑暗,
妖兵妖将受到重创,
完全失去抵抗能力,
死亡的妖兵成千上万。

援兵完全丧失了战斗力,
活着的援兵纷纷逃跑,
他们为了保住性命,
全都逃到远离战场的地方。

再说勐兰卡主战场,
帕巴罗再次发起攻击,
他们向敌人发动总冲锋,
韦罗哈已无法抵抗。

韦罗哈于是命令妖兵,
撤出地面飞上高空,
他在空中往下射箭,
射死射伤勐邦果大批兵将。

死伤的勐邦果士兵,
最少也有百万人以上,
帕那罗延那急忙用仙水施救,
救活了所有死伤兵将。

接着帕亨达猛射神箭,
射中了韦罗哈魔王,
被射中的魔王变得更厉害,
他变成一片带刺的树林。

带刺的树林又变出妖怪,
妖怪瞪大眼睛开怀大笑,
这种狰狞面孔非常奇怪,
给人一种梦幻般的感觉。

帕亨达看着魔鬼很奇怪,
他大声痛斥魔王,
他想破解魔王的妖术,
又感到非常困难。

"韦罗哈大魔王啊,
如果你想活命,
就立即放下刀枪投降,
否则后悔已晚。

"你如果继续顽抗,
我要让你五马分尸不得好死,
希望你能及早回头,
千万不要抱任何幻想。

"你的心弦弓已被我拿到,
你没有办法与我对抗,
失去了心弦弓,
你没有生存的希望。"

韦罗哈听到王爷这些话,
仍然不以为然,
他不相信王爷的话,
他认为王爷在骗他上当。

"老子没有向人低头的习惯,
只有你们向老子投降,
你们如果想活命,
就赶快放下刀枪。"

帕那罗延那神王听见回话,
看到韦罗哈还在负隅顽抗,
他非常生气无法忍耐,
他拿起弓箭向韦罗哈射去。

帕亨达接着又拉扯心弦弓,
把心弦弓的弓弦扯断,
纳林答将军也密切配合,
用图农兴神箭击中魔王。

韦罗哈被击中之后,
不仅没有死而且更嚣张,
帕巴罗实在忍无可忍,
挥动宝刀直砍韦罗哈魔王。

他一跃飞上高空,
把心弦弓砍断,
心弦弓被砍成几节,
等于砍断了韦罗哈的心弦。

帕亨达王爷接着出手,
拿起神弩射击魔王,
韦罗哈身中一箭,
顿时气断命绝。

韦罗哈被杀死之后,
勐兰卡妖怪大乱,
他们纷纷四处逃遁,
各顾各互不相让。

有的逃进城堡,
有的跑到附近村庄,
有的窜入莽莽森林,
有的跳进茫茫海洋。

妖兵溃不成军,
盟军士气更加高昂,
他们乘胜追击逃兵,
势如破竹锐不可当。

勐兰卡军队完全溃败,
没有一个妖兵敢再抵抗,
他们捡起魔王残肢断臂,
带回城里放在一起保管。

战争已经结束,
勐兰卡惨败,
十二位将军只剩四位,
连韦罗哈自己也完蛋。

活着的有一位大将领,
名叫干塔巴大将,
他主动当起召集人,
招呼大家在一起商量。

他们不敢再继续打,
打下去都没好下场,
大势已去没法子,
只好商讨如何投降。

因为他们是战败方,
战胜国有理由提条件,
战争结束的善后问题,
他们要全部承担。

只有处理好善后问题,
盟军才愿意友好交往,
否则对方将继续攻打,
到时候他们必定全死光。

勐兰卡方面忙碌起来,
紧张地准备各种礼品,
从国库里提取金银,
各类礼品要有相当数量。

每种礼品都要有一百件,
还有数不清的金银,
各种礼品准备好之后,
还要敲锣打鼓去送礼。

送礼的队伍扛着白旗,
低头走路神情懊丧,
抬着礼品的人跟在后面,
面带笑容表示心甘情愿。

在将领的率领下走出城门,
队伍缓缓行进走向对方,
他们走到对方军营总部,
跪下拜见帕亨达大王。

施礼完毕宣读投降书,
宣读的人表情要悔恨万分,
语气低沉微微颤抖,
让对方产生同情心:

"尊敬的王爷和各位将领,
请求各位宽恕和原谅,
宽恕我们犯下的罪过,
原谅我们无知和狂妄。

"我们有眼不识泰山,
我们不该同盟军打仗,
我们诚恳承认战败,
我们诚心向盟军投降。

"从我们勐兰卡人民来讲,
我们没有任何人想打仗,
我们都是受韦罗哈威逼,
我们不得已才走上战场。

"我们渴望过太平日子,
我们希望两勐和平交往,
我们希望同各国友好,
建立和睦联邦。

"现在战争已经结束,
战争的乌云已经驱散,
我们迎来了晴朗天气,
迎来和煦的万丈阳光。

"我们犯下了滔天罪行,
我们给人民带来灾难,
我们的罪恶行径啊,
给双方的人民造成伤亡。

"我们给双方带来仇恨,
希望仇恨自此烟消云散,
我们的罪孽实在深重,
期盼得到各位国王原谅。

"由于我们的罪过,
给两勐人民带来创伤,
现在战争已经结束,
希望这悲剧一去不复返。

"我们希望两勐和平相处,
从此生活幸福美满,
我们今后要吸取教训,
作为一面镜子天天对照。

"我们要珍惜和平时光,
我们要架设友好桥梁,
我们要医治战争伤痛,
我们要铲除战争土壤。

"金色的友谊桥梁已架起,
两勐自此是兄弟伙伴,
祈求两勐世代友好相处,
幸福生活万年长。"

王爷示意巴罗接受投降书,
接受勐兰卡的投降,
巴罗事先已做了准备,
当场宣布勐邦果主张。

帕巴罗端坐在最上方,
他态度庄严语气高昂,
按照拟好的条件,
宣读对勐兰卡的处理方案:

"造成这场战争灾难,
责任全在韦罗哈魔王,
他是战争的罪魁祸首,
这同你们不相干。

"我们接受你们投降,
一切的过失都可原谅,
我们不会计较得失,
你们不必有思想负担。

"如今战争已经结束,
共同迎来和平曙光,
我们预祝勐兰卡人民,
今后生活幸福美满。

"勐兰卡实现和平之后,
国家会得到蓬勃发展,
让勐兰卡人民享受和平生活,
让勐兰卡人民永远平安。

"祝勐兰卡今后五谷丰登,
　　祝勐兰卡今后六畜兴旺,
　　　祝勐兰卡繁荣昌盛,
　　　祝勐兰卡不断富强。

　　　"勐兰卡未来的国王,
　　　由韦罗哈儿子担当,
　　　　毕亚沙继任王位,
　　毕亚沙继承权力财产。

　"希望勐兰卡人民拥护新国王,
　　　希望毕亚沙不负众望,
　　　希望毕亚沙带领人民,
　把勐兰卡建设得更加富强。"

　　　帕巴罗读完处理方案,
　　　勐兰卡官民异常激动,
　　　他们拥护勐邦果决定,
　　他们拥护毕亚沙新国王。

　　　人们纷纷来到盟军总部,
　　热烈欢迎毕亚沙继任国王,
　　　勐兰卡的大臣和头人,
　　　立即牵来金鞍大象。

　　在官员和百姓簇拥之下,
　　毕亚沙骑上金鞍大象,
　人们把毕亚沙接回王城,
　　　接回王宫坐上金床。

　所有盟军都被迎进王城,
　去参加王子的登基大典,
　他们聘请巴罗国王主持,
　为毕亚沙继位增光添彩。

　　　回城的队伍浩浩荡荡,
　　　宾主同行亲密无间,
　　　人们欢迎毕亚沙回宫,
　　人们祝贺他继任国王。

勐邦果的安排顺乎民意,
这个安排全为百姓着想,
人们衷心感激王爷和巴罗,
除恶安良造福一方。

队伍进入王城王宫,
登基仪式简朴隆重,
在热烈的礼炮声中,
毕亚沙坐上国王金床。

随后勐兰卡头人和大臣,
授予毕亚沙权杖和战刀,
授予他国王大印,
使他拥有至高无上的威望。

在四位大将军陪同下,
毕亚沙宣誓就任国王,
他向王爷及来宾致敬,
他表示不负国人的厚望:

"尊贵的各位国王来宾,
尊敬的帕亨达大王爷,
我感谢长辈们的信任,
我将全力以赴建设家乡。

"从今以后不会有战争,
两勐成为永恒友邦,
我们将携手前进,
来日方长道路宽广。

"今后我们两勐人民,
要团结得像一个人一般,
我要珍惜来之不易的和平,
像爱护眼睛一样珍惜友谊。"

帕亨达王爷面带笑容,
他在宣誓典礼上演讲,
他以长老的身份,
向人们阐述了自己的主张。

他讲了做人的基本准则，
　　讲了古老的法规和法典，
　　讲了对内对外的关系问题，
　　　　讲了为人处世的道理。

　　他还对毕亚沙进行教导，
　　　　要他吸取父亲的教训，
　　　　他谈了如何治理国家，
　　　　他的讲话令毕亚沙难忘：

　　"孩子啊你要记住教训，
　　不要像你父亲那样傲慢，
　　不要像你父亲那样蛮横，
　　　　更不得作恶丧尽天良。

　　"要爱护人民爱护生灵，
　　　人民的拥护是无价之宝，
　　不能贪得无厌过分淫乱，
　　　　做坏事绝无好下场。"

　　毕亚沙听了王爷的教诲，
　　一字一句触动他的心弦，
　　他对王爷一再表示感谢，
　　　　下决心做一个好国王。

　　　　王爷讲话的时候，
　　　不时响起雷鸣般的掌声，
　　　　　他的话句句在理，
　　　对未来寄予美好期望。

　　　　　随后帕亨达王爷，
　　率领百官和毕亚沙国王，
　　　　走进勐兰卡的王宫，
　　　　　把一件要事交代。

　　他把勐兰卡的十二块领地，
　　　像原先一样划归他管理，
　　　划地手续移交完毕之后，
　　王爷还交代今后如何联系。

每年傣历新年到来之际,
各勐国王聚集在一起,
庆祝一年一度的佳节,
在一块聚餐欢庆友谊。

以此来加强团结,
使友好代代相传,
两勐的友好有了基础,
就能确保永远平安。

老王爷教导年轻国王,
表达了老一辈的良好期望,
他认为这是应尽职责,
至此他才感到心安理得。

我放声歌唱王爷和巴罗,
歌唱爷孙打败魔王的大战,
至此已经全部讲完,
这个故事到这里结束。

勐邦果打败了勐兰卡,
勐兰卡归属勐邦果联邦,
大王爷教导深入人心,
他在民众中有崇高威望。

自从毕亚沙继承王位后,
给勐兰卡民众带来希望,
他的名气越来越大,
像灯塔放射出灿烂光芒。

佛祖世尊讲到这里停住,
他要对这章进行归纳,
他对毕亚沙王子很欣赏,
为此对众比丘讲:

"众比丘啊,
毕亚沙王子大义灭亲,
说出父亲的致命秘密,
魔王韦罗哈因此灭亡。

"毕亚沙的父亲死后,
　勐邦果推举他继位,
　并为毕亚沙王子加冕,
　让他继承王位治理勐兰卡。"

1555

第六十六章

盟军凯旋回故国
布施行善得好报

听吧，花朵般的妹妹，
　哥要继续往下歌唱，
　接下去的故事更精彩，
　　哥要把故事唱完。

毕亚沙就任国王不久，
帕巴罗命令班师回故乡，
　他向毕亚沙告别辞行，
　两个人又进行友好交谈。

勐邦果的庞大战船队，
按照计划离开勐兰卡，
在茫茫的大海乘风破浪，
航行了一个多月才回到家乡。

军队回到勐涅罕港口，
　船队密密麻麻停泊在海港，
　成千上万的傣兵步出战船，
　　上岸休整恢复体力。

帕亨达看到此情此景，
　无比欣慰就请大家留下，
　老王爷还在考虑一件事，
　将士们忙于打仗不曾顾及。

现在战争硝烟已经散去，
　天上的阳光特别灿烂，
他要求参战的各个勐的傣兵，
　都集中到勐邦果大联欢。

各勐帕雅响应王爷号召,
起程前往勐邦果的王城,
盟军队伍出发,
大家精神抖擞喜气洋洋。

留守王城的帕雅们,
得知帕亨达王爷凯旋,
就把那头吉祥白象精心打扮,
带领着十万人去迎接王爷。

成千上万的文武百官,
为欢迎王爷奔忙,
他们准备大型乐队,
还备好了马队和大象。

他们要举行隆重欢迎仪式,
欢迎队伍高举彩色旗幡,
欢迎队伍由十万官民组成,
气势磅礴非常壮观。

十万队伍盛装打扮,
象和马也配上金鞍,
浩浩荡荡的队伍载歌载舞,
一路敲锣打鼓彩旗飘扬。

盛大的欢迎队伍排成长龙,
在官员的率领下来到码头,
顿时码头上一片欢腾,
热烈欢迎盟军凯旋。

王爷和巴罗的名气传播四方,
爷孙俩指挥的战争都打胜仗,
爷孙俩都是常胜将军,
爷孙俩的洪福无边。

帕亨达坐上吉祥白象,
威风凛凛容光焕发,
他走在队伍的最前面,
带领大家到达勐邦果。

队伍到了勐邦果王城,
王爷立即下令举行大联欢,
除了王城的老百姓,
各勐的人也都赶来参加。

大联欢持续七天,
帕亨达王爷才宣布结束,
各勐开始撤军,
高高兴兴地返回各自家园。

勐兰卡路途遥远,
他们最先离开勐邦果王城,
勐道瓦利嘎和勐罗麻接着出发,
其他勐的军队也先后起程。

四个岛国盟军也开始起程,
他们的路途遥远,
王爷反复叮咛,
让带足粮食不让将士挨饿。

大家心中都非常清楚,
王爷的洪福保佑他们平安,
他们没有忘记王爷的功劳,
对王爷更加尊敬崇拜。

有了安宁和平的环境,
各国更加发达兴旺,
勐与勐之间经常走动,
建立了友好的桥梁。

朋友越走越亲近,
各个勐都像亲戚一样,
他们经常互通有无,
通商贸易得到长足发展。

有的骑马互相来往,
有的坐船横渡海洋,
彼此之间没有仇恨,
彼此之间互谅互让。

帕亨达王爷的话，
传播到每个地方，
有一百二十八个大勐，
都建立起友好的邦交。

时光过去十多年，
战后出生的孩子都长大，
父辈又为他们婚事奔忙，
合理搭配男婚女嫁。

话说丙比桑和巴罗父子俩，
联欢结束后才彻底放松，
有时间同家里亲人团聚，
久别的亲人快乐重逢。

帕巴罗的五位仙妻，
见到了自己的丈夫，
她们全都非常高兴，
都围着丈夫团团转。

从此以后他们幸福快乐，
过上无忧无虑的生活，
帕巴罗为了更多人都幸福，
请来工匠修建六个亭子。

这六个亭子很讲究，
分布在六个方位上，
他每天带着五位妻子，
在六个亭子里做布施。

他拿出上千亿的财物作布施，
这些都是仙界的财物，
他每天拿出六十万两金，
还有六十万两银布施给穷人。

天神们对他的举止非常欣赏，
都说行善积德来世有好报，
帕巴罗还派人到其他勐，
要求所有的帕雅都仿效。

他告诉所有穷苦人,
如果有困难就来找他,
谁想要得到金银财物,
他都可以满足要求。

想要得到遮体避寒的衣服,
可以直接到住所去找他,
他无偿送给他们,
不求任何回报。

要想得到什么样的物品,
不管是粮食或者柴火,
不管是金银或者珠宝,
都可以直接去找他要。

有人想要水牛用来耕地,
去到他那里就可以牵走,
有的人想要骏马跑生意,
同他一说马上就可以领到。

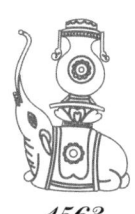

还有人想要马车拉东西,
他马上就送给马车,
有的人想要男女仆人,
他吹口气就变出仆人送给你。

帕巴罗的这些财物啊,
尽管每天都用来布施,
但就像滔滔不绝的江河水,
取之不尽用之不竭。

官员们纷纷仿效巴罗,
也都带着礼品来参加,
把礼品敬献给帕巴罗,
把财富布施给穷人家。

人们接受了布施后,
对巴罗和王后王妃们感激不尽,
他们都行跪合十礼,
祈祷祝福他们:

"祝愿大王和王后王妃们,
永远吉祥幸福长寿平安,
生命长达九百万年,
永远年轻不会衰老。"

整个南赡部洲的人们,
都知道了这个消息,
每天去勐邦果的人川流不息,
都来讨要粮食和财物。

每日都不间断布施,
菩提萨尊者从不用休息,
他和妻子们日复一日,
长年不停地做布施。

众神之王帕雅因,
看到巴罗对佛祖很虔诚,
对他生发了怜悯之心,
他考虑到巴罗的大问题。

帕巴罗的五位妻子,
她们都是神仙之躯,
帕巴罗本身也是神仙,
神仙在人间无法生育。

他们身上有芬芳体香,
他们没有腥臭的屎尿,
但是他们都不会生育,
永远不会有儿女。

这个问题令帕雅因揪心,
王族的香火要延续,
他决定要帮助他,
给他们送去子女。

功夫不负有心人,
帕雅因经过细心观察,
找到五位仙寿将尽的天神,
他诚心诚意对他们说:

1564

"没有痛苦的神仙们啊,
现在你们的仙寿将尽,
你们应该下凡到人间,
变作化生①人重新转世。

"你们都到勐邦果王宫,
睡在那五位仙女的身边,
去做巴罗和他的王后王妃的子女,
让他们延续香火继承王位。"

五位天神听从帕雅因吩咐,
当他们的仙寿将尽的时候,
身上出现五种临终预兆,
芳香的仙花变得无味且干枯。

身上开始流汗,
蒲团变得黯淡,
仙衣变得破烂,
心情烦躁不安。

他们仿佛被大火燎烧,
接着就消失在天层里,
帕雅因把他们的元神,
带到勐邦果王宫。

他们的元神变作化生人,
同时睡在五位仙女身边,
孩子的哭声把仙女们惊醒,
她们惊喜地发现身边的孩儿。

仙女们心里都明白,
这是帕雅因相助,
给她们送来了儿子,
让王族后继有人。

---

①化生:佛教用语,四生(胎生、卵生、湿生、化生)之一,即变化而生。

她们心里万分高兴,
用柔软的毛毯,
细心把孩子包裹起来,
作为国王和自己的后代。

帕雅因带来五个仙瓶,
交给五位仙女保管,
并告诉五位仙女,
这是给孩子喂食的仙乳。

如果这些小男孩哭闹,
说明他们肚子饿了,
孩子都是神仙体,
吸了仙乳就不会饿肚子。

五位仙女无比欣喜,
忙把熟睡中的丈夫唤醒:
"快来看看你的儿子,
王族终于有了继承人。"

帕巴罗看到了儿子,
而且同时有五个儿子,
这是个了不起的奇迹,
他衷心感谢天王帕雅因!

儿子个个都那么光洁,
都像金模浇铸一样,
是那样英俊美貌,
是那样逗人喜爱。

丙比桑和迪芭玛丽得知,
老两口高兴得心花怒放,
他们正为没有孙子发愁,
没想到一夜间就有五个。

当他们得知喜讯,
三步并作两步跑来看望,
把孙儿们轮流抱在怀里,
巴不得长出五双手。

他们一个一个轮换抱,
换来换去总是抱不够,
一夜间当上爷爷奶奶,
他俩的嘴巴乐得合不拢。

见到五个可爱孙儿,
美得像黄金般灿烂,
又白又嫩眉清目秀,
老两口越看越喜欢。

巴罗亲自去向王爷报喜,
王爷听后一个劲呵呵笑,
立即让臣官备好白大象,
随巴罗迅速来到勐邦果。

他带来金银珠宝一大包,
珠宝样样都是传家宝,
他要送给五个重孙,
他对重孙们寄予厚望。

他进了王宫走进殿堂,
五个仙女随即迎上前,
她们已提前得知消息,
抱着儿子在等候王爷。

王爷对五个重孙轮换看,
一个接一个看个没完没了,
他又看又抱又亲吻,
逗得五个重孙咯咯笑。

四世同堂是王族的福气,
王爷感谢佛祖感谢天王,
帕雅因为他们送来了孙子,
如今又送来了五个重孙。

王爷看望了重孙子,
就在勐邦果住下来,
他想多看看重孙子,
还要等满月给他们取名字。

孩子们满月那一天，
王亲国戚都聚集在一起，
为给五个男孩取名字，
大家查族谱出主意。

经过一番议论统一了意见，
排行和名字一次性敲定，
婻玛娜维佳的儿子算老大，
取名叫玛娜维佳丢瓦贡曼。

婻桑卡的儿子排行第二，
取名叫桑卡丢瓦贡曼，
婻西丽的儿子排第三，
取名叫西丽丢瓦贡曼。

婻苏塔玛丽迦的儿子为第四，
取名叫苏塔玛丽迦丢瓦贡曼，
婻乌莎的儿子排行第五，
取名叫乌莎丢瓦贡曼。

五个男孩的排行和名字已定，
都是把母亲的名字放在前面，
这都是托天王帕雅因的福，
巴罗才得到这么多王子。

请听吧，善良的妹妹，
阿哥要讲的故事呀，
关于这五位仙女，
她们的故事还没有完。

她们虽是勐邦果王后王妃，
结婚多年还没有一儿半女，
急坏了天王帕雅因，
他下决心帮助她们。

帕雅因找到了五位男天神，
他让仙寿将尽的天神们，
转世变成了化生子，
下凡做巴罗的王子。

他们睡在五位仙女身边，
哇哇啼哭唤醒了母亲，
从此加入王族的行列，
成为帕亨达王族后裔。

仙女们被孩子哭声惊醒，
她们美梦成真圆了心愿，
她们抱起孩子给丈夫看，
巴罗喜得王子当上父王。

王亲们根据他们的生辰，
以及他们都是神仙之躯，
为孩子取了好听的名字，
把母亲名字放在他们名字前面。

当五位男孩开始走路，
帕雅因天王又开始忙碌，
他又找到五位女天神，
她们的仙寿将尽要转世。

帕雅因就同她们约定好，
要五位女天神下凡人间，
到勐邦果王族当化生人，
做帕巴罗的女儿。

当化生人和投胎不一样，
不用经过母亲十月怀胎，
一转世就变成人间小孩子，
五位女天神高兴遵命。

女天神随后出现临终前预兆，
预兆的五种表现全部出现，
不久五位女天神来到勐邦果。
转世睡在五位仙女身边。

然后就像凡人婴儿那样，
放声大哭来到人世间，
五位仙女同时被吵醒，
她们再次做了孩儿的母亲。

第六十六章

五位仙女惊醒之后,
发现身边的女婴无比惊喜,
她们抱起女婴告诉巴罗,
巴罗像上次一样高兴:

"我们既有王子又有公主,
帕雅因为我们想得周全,
该好好感谢帕雅因神王,
今后我们更要布施行善。"

丈夫和妻子都想同样的事,
丈夫和妻子都说同样的话,
他们更相信善有善报,
他们更相信因果报应。

帕巴罗像有儿子时一样,
又亲自去向父王报喜讯,
父王也像有孙子时一样,
赶忙过来把孙女们看望。

帕巴罗像有儿子时一样,
又亲自去向爷爷报喜,
王爷像上次一样高兴,
跟着大孙子来到勐邦果。

王爷对重孙女好一阵亲热,
又在勐邦果住下来,
他要天天看望重孙女,
等到重孙女满月后再回去。

五位公主健康成长,
转眼就到了满月时间,
亲人们又来给公主取名,
王宫里比赶摆更热闹。

按照给王子取名的方法,
公主名字后面都加上母亲名字,
公主们的名字更加好听,
因为她们都像鲜花一样。

当男孩们满七岁时,
帕雅因神王又来下凡,
他带来神弓和神马,
还有仙鞋和仙剑。

带来的仙物一共五套,
送给每位王子各一套,
这是他们的防身武器,
有了武器才是男子汉。

众神之王帕雅因,
实现了巴罗的梦想,
为他选择五位小男孩,
还有五位可爱的小姑娘。

此时他又想到昆代,
昆代同哥哥巴罗一样,
他和四位妻子都是神仙,
神仙之身不会怀孕生子。

帕雅因接着去帮助他,
也让四位仙女得到化生子,
帕雅因找了四位神仙,
这四位神仙仙寿将尽。

第六十六章

他跟四位男天神约定说:
"四位天神啊,
你们的仙寿终了之后,
就下凡去过另一种生活吧。

"你们都变为化生子,
下凡到南赡部洲去,
进入勐达腊迦的王宫,
睡在昆代四位仙妻身边。"

那四位天神听后很高兴,
都齐声表态乐于遵命,
此事就这样决定下来,
随后的一切都非常顺畅。

不久四位天神身上起变化,
出现了临终前的五种预兆,
接着四位天神便在天界消失,
他们下凡到了勐达腊迦王城。

四位天神变成化生子,
在伸手不见五指的黑夜,
睡在四位仙女的身边,
完成帕雅因给他们的使命。

四个男孩的哭声都很正常,
同凡人孩子刚出生时一样,
他们啼哭的声音很温柔,
听起来不会心烦。

他们的哭声响亮,
惊醒了睡梦中的仙女,
她们都伸手抱住仙儿,
并用布把孩子包裹好。

她们仿佛早就有预感,
也曾受王兄得子女影响,
所以她们显得不慌不忙,
仙女们平静地对丈夫说:

"奴的昆代哥呀,
快来看看我们的仙儿吧,
可能是天神送的孩子,
都化生在奴的身边。"

昆代赶紧过来看,
只见儿子们都如金子般,
个个都长得很英俊,
个个都笑得很灿烂。

昆代顿时满心欢喜,
开心地对妻子们说:
"哥心爱的仙妻们呀,
我们从此都当上了父母亲。

"我们要好好把孩子养育,
　　这是我们王族的后代。"
仙女们拿出帕雅因送的仙瓶,
　　细心给孩子们喂仙乳。

　　帕雅因送仙瓶时有交代,
　　因为孩子都是神仙化生,
　　吃不了凡人奶妈的乳汁,
　　只能用仙乳把他们养大。

昆代也迅速把喜讯禀报爷爷,
还将四个儿子送去给爷爷看,
　　爷爷高兴得不停地笑,
　　他感谢天神的大恩德。

　　昆代还到勐邦果请来父王,
　　父亲同王爷一样乐开了怀,
　　难得帕雅因天王如此关照,
　　他们王族从此人丁更兴旺。

到了为小男孩们取名的那天,
　　王亲国戚都聚集在宫里,
　　帕亨达和王太后坐正中,
　　丙比桑和王后分坐两边。

　　还有昆代和四位仙妻,
　　也坐在父王母后旁边,
　　接下来是其他王亲国戚,
大家聚在一起为孩子取名字。

　　　为王子取名也有讲究,
　　同巴罗为王子取名一样,
　　先在前面冠上母亲名字,
　　再把各自名字加在后边。

　　四个王子都取了好听名字,
　　　还对大小顺序作了排列,
　　排列的顺序全由王爷定,
　　　四位妻子都没意见。

转眼间四个小孩会走路,
帕雅因又在天庭里忙碌,
再寻找仙寿将尽的女神,
为四位仙女送化生女儿。

帕雅因找到合适的女神,
就诚恳地对她们说:
"四位女神啊,
你们的仙寿将尽该转世了。

"待你们仙逝时就下凡去,
变成化生女转世进王宫,
去睡在四位仙女身边吧,
四位仙女是昆代的妻子。

"你们就去做她们的女儿吧,
化生转世成为国王的公主。"
四位女神答应帕雅因说:
"好的,遵命!"

不久四位女神身上有变化,
现出临终前的五种预兆,
接着四位女神消失在仙界,
她们的元神离开了天庭。

她们变成了化生女,
睡在四位仙女身边,
女孩大声啼哭,
四位仙女从梦中惊醒。

她们用手指伸进仙瓶,
蘸仙瓶里的仙乳给她们吸,
孩子吸了仙乳后就不哭了,
这样的孩子确实很好养。

接着王亲国戚像以前一样,
聚在一块为公主们取名字,
按照她们的生辰八字,
大家进行了认真推算。

再结合她们的转生因缘,
排行起名很容易办,
把母亲的名字放在她们名字后面,
公主们的名字就全部取好。

王子公主们慢慢长大,
当四位小王子满七岁时,
帕雅因就带着仙礼下凡,
有仙鞋、神弓和仙剑。

帕雅因来到昆代王宫,
将带来的礼物送给王子们,
作为王子随身的仙物,
长大后就能用得上。

帕巴罗的儿子们慢慢长大,
昆代的四个儿子也长得快,
兄弟俩的女儿也健康成长,
到了十六岁时都非常美貌。

这九对孩子力气都很大,
儿子和女儿全都一样,
当他们满十六岁的时候呀,
都具有大象一般的神力。

请听吧,妹妹啊,
你像湖面上那朵美丽荷花,
水珠在盛开的花瓣上滚滑,
阿哥的故事呀还没有讲完。

阿哥要继续唱的歌,
更加好听曲折婉转,
如同水瓜尖长出的胡须,
绕来绕去有好几道弯。

有一天农板想起乌莎的女儿,
正好同自己的儿子年龄相仿,
他萌生给儿子娶媳妇的念头,
就去同王后商量。

农板先用试探的口气询问，
问她是否记得乌莎的女儿？
迪拔乌莎现年已有十四岁，
与他们的儿子年纪相当。

他想两家原本同源，
都是同一王族的血统，
应该让他们结合成婚，
把王族的血脉再延续。

"我们应该为儿子操心，
去向帕巴罗的女儿提亲，
让王儿去迎娶迪拔乌莎，
让王族的血亲延续下去。"

媥西丽芭都玛表示同意，
他们叫人备上贵重的礼品，
媥西丽芭都玛又写了封信，
然后派三位使臣前往勐邦果。

三位使臣急忙赶路，
三百由旬的路走了一个月，
他们赶到了勐邦果王城，
直接进入王宫里。

使臣进入帕巴罗的王宫，
毕恭毕敬地向巴罗行礼，
把礼品和书信献给巴罗，
然后向帕巴罗说：

"奴的大王啊，
奴受农板国王和王后之命，
前来向大王您送信送礼品，
是为了王子和公主的婚事。

"农板有个王子刚满十六岁，
大王和王后派奴等来提亲，
想要迎娶大王您的公主，
接迪拔乌莎去和王子做伴。

"嫡迪拔乌莎芳龄十四,
也已经到了婚嫁的年纪,
奴等的王后很喜欢侄女,
特派小奴来向大王提亲。"

帕巴罗听了使臣们的话,
心里高兴喜形于色,
但他没有立即表示同意,
只笑着对三位使臣说:

"三位大使呀,
非常感谢你们来送礼,
妹夫和妹妹提的问题,
我现在还无法答复你们。

"因为我要征求父母意见,
请各位使者耐心等待,
请容我禀告父王与母后,
随后再来答复三位使臣吧。"

他去拜见父亲丙比桑,
还有母后嫡迪芭玛丽,
进门后先向父母行礼,
然后把来意对父母说:

"奴的父王母后啊,
奴至上的双亲,
奴此来有关女儿婚事,
想禀报父母看怎么办。

"农板和西丽芭都玛派来使臣,
送来了书信和求婚礼品,
说迪拔维佳王子已长大,
年龄已有十六岁。

"迪拔维佳长得英俊迷人,
想来娶嫡迪拔乌莎去做伴,
让他们兄妹俩结为夫妻,
把两个王族的血亲延续。

"不知父母亲意下如何,
应该答应呢还是不着急,
现在使臣还在那里等回话,
请父王和母后做出决断。"

帕丙比桑听了以后说道:
"好啊,这是件大喜事,
这桩婚事我们完全同意,
你们可以抓紧去筹办。"

得到父母亲同意后,
帕巴罗便对使臣说:
"请你们转告婻西丽芭都玛,
让她来把婻迪拔乌莎带去吧。"

使臣们得到回音后,
将带来的礼品献上,
随后去向丙比桑告辞,
就赶回勐迦湿去了。

使臣们回到勐迦湿后,
就去拜见农板捧麻典,
还有婻西丽芭都玛,
将情况如实禀报说:

"奴的大王和王后啊,
奴等带着书信和礼品,
去献给帕巴罗大王,
并把大王您的话转告。

"帕丙比桑和帕巴罗看了信,
都说这桩婚事实在太好,
同意他们兄妹俩结为夫妻,
把两个家族的血亲延续。

"于是他们收下了礼品,
交代奴等回禀大王与王后,
他们说让婻西丽芭都玛前来,
把婻迪拔乌莎带去吧。

"让她去陪伴你们的王子,
将来做你们的王后吧,
这就是巴罗国王的表态,
小奴就此回禀大王与王后。"

王家的人就要迎娶了,
农板派人击鼓召集大臣,
大臣们到王宫候命,
听候农板捧麻典吩咐。

农板捧麻典随即下令,
命令大臣们去做准备,
要备好去迎亲的礼品,
择好吉祥日子就起程。

一切准备就绪后,
又叫占卜师选择好日子,
农板捧麻典派出十万人,
护送自己的儿子去迎亲。

婻西丽芭都玛很想念双亲,
要求与迎亲队伍同去,
去看望双亲和爷爷奶奶,
农板很赞同觉得是好事。

婻西丽芭都玛做准备,
把所有礼品都备齐,
她乘坐一头大象,
率领迎亲队伍起程。

佛祖世尊又进行小结,
他对众比丘深情地说:
"众比丘啊,
王家已经起程去迎亲。

"农板捧麻典派了十万人,
护送自己的儿子去勐邦果,
婻西丽芭都玛很想念父母亲,
就率领迎亲队伍前往。

第六十七章 表兄表妹结良缘 王族血统代代传

听吧，各位乡亲，
哥讲的故事已近尾声，
但后面的故事还没完，
哥要接下去继续讲。

话说婻西丽芭都玛带着队伍，
沿着崎岖山路向勐邦果前行，
这条漫漫长路呀实在不好走，
在帕雅因帮助下长路被缩短。

他们日夜兼程赶路，
结果只用七天时间，
就来到勐邦果境内，
他们都已疲惫不堪。

迎亲的队伍到了王城边，
帕巴罗已提前得到消息，
他们做好准备迎接客人，
举国上下都做了动员。

迎亲队伍一进王城，
顿时鼓乐齐鸣彩旗招展，
民众站在大路两旁欢迎，
场面热烈激动人心。

勐邦果的百姓载歌载舞，
欢迎西丽芭都玛公主回娘家，
欢迎远道而来的贵宾，
主人把客人迎进王宫。

主人搭建了临时房屋,
给勐迦湿的客人休息,
他们端来美酒佳肴,
热情招待迎亲队伍。

婻西丽芭都玛带着儿子,
走在迎亲队伍的最前面,
儿子紧紧挨着自己娘亲,
他对勐邦果还很生疏。

迪拔维佳捧麻典是个俊小伙,
母亲带他去拜见外公和外婆,
丙比桑和迪芭玛丽见到外孙,
激动的心情难以言表。

迪拔维佳很有礼貌地拜见长辈,
外公和外婆顿时热泪盈眶,
他们抚摸着外孙的脊背,
都感到非常开心和温暖。

他们亲了亲外孙的额头,
紧紧搂在怀里久久不放,
这些年因战乱没时间往来,
想不到外孙已经长大成人。

丙比桑和迪芭玛丽又与女儿亲热,
婻西丽芭都玛是他们的宝贝心肝,
分别后如今已经当了母亲,
父母亲想念她经常彻夜难眠。

如今女儿已来到身边,
他们左看右看总觉得没变,
西丽芭都玛依然那么漂亮,
同离开勐邦果时一模一样。

西丽芭都玛急于要去见哥哥,
只简单与父母亲寒暄,
没时间细谈叙旧,
便急忙告别亲爹娘。

婻西丽芭都玛带着儿子,
去到哥哥帕巴罗的王宫,
他们从小一块长大,
兄妹的感情比任何人都深。

西丽芭都玛进了哥哥王宫,
此时他正与乌莎闲谈,
夫妻俩见到妹妹,
还有未来的新郎官。

彼此都非常激动,
千言万语不知从何谈起,
乌莎拉着迪拔维佳的手,
左看右看看不够。

小外甥即将成为女婿,
丈母娘对女婿比谁都亲热,
迪拔维佳被看得不好意思,
害羞地低下了头。

兄妹俩久别重逢,
像以前一样开心攀谈,
他们有谈不完的话,
他们的亲热劲像情人一样。

这时帕丙比桑忙派使臣,
前往通知各勐王官,
请各勐的王官和王亲国戚,
尽快赶到王城来参加婚宴。

帕丙比桑同时派遣使臣,
专门去恭请父王帕亨达,
老王爷时时挂念重孙,
晚辈的婚事他必须到场。

使臣们去到王爷宫殿,
行跪合十礼拜见王爷:
"奴的陛下,
最负声誉的大君王啊!

"现在媃西丽芭都玛已到,
带着她的儿子迪拔维佳,
还有迎亲的大队人马,
前来迎娶媃迪拔乌莎。

"丙比桑国王派奴等前来,
恭请帕亨达大王爷您前往,
参加盛大婚礼,
为媃迪拔乌莎洗礼加冕。"

帕亨达听了使臣们的话,
心里头有说不出的高兴,
他即刻带着自己的随员,
和使臣一起前往勐邦果。

帕亨达一行来到勐邦果,
媃西丽芭都玛带着儿子去迎接,
她拉着迪拔维佳的手向爷爷介绍,
母子俩一块拜见帕亨达。

帕亨达见到迪拔维佳,
高兴地抱着曾外孙亲吻,
他亲了亲曾外孙的额头,
露出甜甜的笑脸。

由于还要举办婚礼,
爷孙见面不能太长时间,
各勐的王官都先后来到,
帕亨达和丙比桑赶紧商量。

他们派人找来婆罗门,
让他们推算吉日良辰,
婆罗门推算了一番后,
说明天就是吉祥好日子。

到了第二天一大早,
丙比桑和帕亨达就来到王殿,
所有王官们也都集中在那里,
良辰一到就宣布婚礼开始。

王族长辈和帕巴罗一起,
为迪拔维佳和婻迪拔乌莎拴线,
祝福他们新婚永远幸福,
祝福他们夫妻恩爱九百万年。

接着为婻迪拔乌莎加冕,
使她成为迪拔维佳的王后,
两项仪式完成之后,
婆罗门就向他们敬献祝词:

"奴的陛下,
最负声誉的君王啊,
祝愿你们幸福吉祥,
在黄金宝殿里永远平安。

"美满伴随着两位君王,
九百万年不会离去,
所有的疾病和灾祸,
都远离你们的身边。"

婆罗门敬献祝词之后,
婻西丽芭都玛就说:
"奴的巴罗兄长啊,
请放心把公主交给妹妹吧。

"我带儿子和婻迪拔乌莎回去后,
就马上准备举行婚礼,
让他俩结合成一对,
使他俩成为正式夫妻。

"这样我们就亲上加亲,
我们兄妹就成为两亲家,
两个家族就成为一家人,
哥哥你就得叫我亲家母。"

妹妹还是像以前一样可爱,
妹妹还是像以前一样调皮,
妹妹的话逗得巴罗呵呵笑,
他觉得今天的日子最开心。

西丽芭都玛陪父母住了两个月,
一起度过愉快的时光,
她辞别父母要返回勐迦湿时,
又难舍难分哭了一场。

巴罗和乌莎带着二十万随员,
与西丽芭都玛一块同行,
他们陪伴女儿迪拔乌莎,
一起到勐迦湿去完婚。

他们和将士们长途跋涉,
走了七天就到了勐迦湿,
百姓们已建好休息场所,
随行将士得到好好休整。

主人端来美酒和佳肴,
招待远方来的客人,
热情周到令客人很温暖,
两家的关系确实不一般。

帕农板见到帕巴罗,
他们既是战友又是姻兄弟,
如今又成为两亲家,
农板和巴罗的关系很特别。

农板还见到妹妹楠乌莎,
兄妹的感情深似海,
兄妹俩都曾共患难,
与其他兄妹关系不一样。

农板很爱儿子迪拔维佳,
农板也很爱儿媳迪拔乌莎,
儿子和儿媳如同手心手背,
他对两个孩子的爱都一样。

待儿媳如自己亲生的孩子,
他们的婚礼要办得很热闹,
农板派人叫来六万位帕雅,
还召集所有的大臣官员。

众帕雅和臣官及婆罗门,
听了诏令都集中到王宫,
农板就请婆罗门认真推算,
为儿子婚礼选择良辰吉日。

吉日到来的这天,
巴罗和乌莎送礼,
一起为新人拴线祝福,
为迪拔维佳和婻迪拔乌莎加冕。

接着众帕雅和臣官送礼,
把贺礼献给王子和公主,
祝愿他们白头偕老,
祝他们永远在一起。

人们送完贺礼后,
农板宣布庆祝活动开始,
顿时鼓乐齐鸣歌舞升平,
人们欢欢乐乐载歌载舞。

庆祝活动非常热闹,
欢庆了七天七夜,
在这七天七夜里,
王城广场成了不夜天。

七天的庆祝活动结束后,
巴罗和乌莎在那里住了一个月,
然后向农板和妹妹告辞,
与二十万随员离开勐迦湿。

第六十八章
求婚不成动干戈
王爷计退侵略者

请听吧，妹妹哟，
看那黄色的野姜花，
芬芳灿烂开满枝，
是那样夺目惹人爱。

爱花的妹妹呀，
你把花儿采来，
将它插在发髻上，
会令哥哥陶醉痴呆。

妹妹哟，
你是如此美丽动人，
阿哥我啊，
被你迷上无法自拔。

哥想在一月里，
踏着清晨雾水，
去向妹妹求婚，
去把阿妹娶回来。

请听吧，妹妹啊，
你好比那芬芳的缅桂花，
你的芳香遍天下，
十万个勐都能闻到。

王官们人人把你爱，
个个想娶你做老婆，
王官们个个把你夸，
说天底下找不到比你更美的人。

帕巴罗的五位王子,
还有五位公主,
昆代的四位王子,
还有四位公主。

他们如同天神一样,
美丽英俊,
他们都像父母一样,
超凡出众。

这些从天而降的孩子,
五官端正相貌堂堂,
他们都是天之骄子,
凡人谁也比不上。

有的人老远跑来就为了看一眼,
见到的人无不惊叹,
有的人看得张口发呆,
苍蝇飞进嘴里还以为是糖。

有的人看到这些天子,
口水顺着嘴角往下淌,
说出的话前言不搭后语,
呆站半天不会动弹。

有的人看到他们漂亮模样,
相比之下都觉得自己难看,
有的小伙子看到神仙女,
魂不附体就像发疯一般。

吃饭时会忘记拿筷子,
端着碗的手不听使唤,
甚至碗掉在地上也不知道,
痴呆的样子如同木桩。

男女神仙的美貌传遍天下,
人人都想一睹为快,
有的人走了很远的路,
看到后竟忘记了回去的方向。

帕巴罗的五位公主,
还有昆代的四位姑娘,
这九位公主的美名,
传遍整个南赡部洲傣乡。

各勐的王子都想娶到她们,
一百零一勐的王子,
纷纷带上贵重礼物,
接踵而来上门求婚。

真是天有不测风云,
本来好端端太平盛世,
却又冒出不愉快事情,
打乱帕巴罗安宁的生活。

有一位国王叫塔卓达,
儿子同巴罗公主年龄相仿,
年轻的王子长得很英俊,
他的名气也四方传扬。

一百多个勐的公主都想嫁给他,
可是没有一个他看得上,
听说勐邦果还有八个仙女,
都像金蝴蝶一样美丽。

他们带着厚礼派人提亲,
他们想娶仙女给王子做婆娘,
这个国家叫勐密替拉那管,
是一个非常遥远的地方。

到勐邦果要走三个月,
要翻越好几座大山,
还要渡过好几条大河,
要穿过莽莽林海和草原。

使臣受国王的委派,
再苦再累也不敢开腔,
一路风尘来到勐达腊迦,
进入殿堂为王子提亲。

使臣见到王爷立即下跪,
递上礼品把来意细讲,
使臣举止有礼,
把塔卓达国王的心事转告:

"塔卓达国王想同贵国联姻,
架起一座联结两勐的金桥梁,
派我等前来送礼提亲,
万望老王爷能够笑纳。

"塔卓达国王身边,
只有这一个心肝宝贝,
他是国王未来的继承人,
公主也就是未来的王后娘娘。

"联姻之后将会使两勐更亲密,
一定会使两勐兴旺发达,
公主生活在勐密替拉那管,
一定会如意美满。

"为了两勐和睦相处,
为了两勐更加富强,
请王爷能答应这门亲事,
成全国王的美好心愿。"

帕亨达王爷很讲礼节,
也不让使臣失望,
他很有分寸地回答,
他的话不含糊直截了当:

"欢迎远方来的客人,
感谢贵国看得起我的曾孙姑娘,
贵国距离勐达腊迦遥远,
一路辛苦请好好多住几天。

"关于两勐联姻之事,
我们可以慢慢商量,
各国有各国的规矩,
各人有各人的习惯。

"勐达腊迦的古老规矩,
　择婿要用本事来衡量,
　　王家祖传有一把弓,
　要拉动它不那么简单。

"要是谁能拉动这把弓,
　还要拉到指定位置上,
　我的曾孙女就嫁给他,
　　我自然会竭力成全。

"如果贵国王子达不到这要求,
　　这门亲事就没办法谈,
　　违背祖宗的古老规矩,
老一辈人也不能自作主张。"

听了王爷讲的条件,
使臣也就哑口无言,
他们只好退出王宫,
匆匆返回自己家乡。

他们回到勐密替拉那管,
　　进宫拜见国王,
　把情况做了禀报,
　请国王做出决断。

国王听完使臣的话,
顿时气得怒发冲冠,
认为勐达腊迦欺人太甚,
找个老婆何须这样麻烦。

他越想心里越气,
像烈火在心中点燃,
认为勐达腊迦太小看人,
　用一把小弓做交换。

国王急忙叫来群臣,
决定对勐达腊迦发动大战,
　　他要报仇雪恨,
　　他要把国威扬。

他越想越生气,
心火越烧越旺,
他越说越激动,
走来走去坐立不安。

"帕亨达这个老家伙,
简直不知天高地厚,
竟然敢如此欺人,
也不睁开狗眼看看。

"他难道不知我们是大国,
难道不知我儿子是未来国王,
为什么要这样无理,
为什么敢如此狂妄?

"大家都是一个勐的国王,
连这个面子他也不赏,
提出要拉动一把弓,
这里面究竟有何名堂?

"他那把弓究竟有多大,
说得那么玄乎神秘,
满足这个条件才让公主嫁人,
这分明是小看人。"

大臣们听到国王发火,
也都跟着瞎嚷嚷,
一个个火上加油,
使怒火越烧越旺。

大臣们口气很强硬,
一个个摩拳擦掌,
他们把袖子捋得很高,
把牙齿咬得咯咯响。

他们说绝不能被人瞧不起,
要让他知道谁是英雄好汉,
别以为他的公主很高贵,
我们还看不起这个臭婆娘。

后来又有一个国家，
这个国家地域宽广，
它的名叫勐麻腊蹋，
它的王宫金碧辉煌。

国王的名字叫桑卡拔，
他也有个王子未娶婆娘，
国王为此伤透脑筋，
多少美女王子都看不上。

王子名叫塔那巴腊，
至今还是一条光棍汉，
他也听说勐邦果的公主，
个个都是美丽无比的姑娘。

还有八位公主未嫁人，
都是王妃的最佳人选，
他们便派大臣前往提亲，
希望能娶到仙女当婆娘。

王爷热情接待提亲客人，
把同样的条件说明，
大臣把消息带回勐麻腊蹋，
国王桑卡拔听后也气愤难平。

他们都痛恨帕亨达王爷，
认为他实在太不近人情，
他们气得咬牙切齿，
提亲被拒绝感到很丢脸。

此后又有好多王公贵族，
纷纷上门来提亲，
全都被王爷的条件气跑，
都与勐达腊迦结下仇恨。

提亲的勐都互相通气，
诉说求婚失败的心情，
认为帕亨达王爷太过分，
勐达腊迦宫殿高墙难进。

最先提亲的塔卓达国王，
一直气愤难消骂个不停，
他认为自己至高无上，
帕亨达王爷简直瞎了眼睛。

"勐达腊迦王爷是个老朽，
他竟敢目空一切如此傲慢，
他的所作所为不符合法典，
也不符合仁义道德规范。

"他自己想怎么做就怎么做，
根本不考虑傣家古老习惯，
他这样做实在太无道理，
要好好给他厉害看看。

"我们给他讲理不领情，
得想个办法智取他的宫殿，
我们联合起来把他搞垮，
那时他的嘴巴才不敢硬。

"我们要占领勐达腊迦全勐，
看这个老家伙有何本领，
我们把他的勐肢解之后，
那时他不听话也不行。"

这个阴谋计划传到十个勐，
这十个勐约好同时行动，
把兵马集中到勐密替拉那管，
然后再发起全面进攻。

这十个勐兵力很强大，
总共有三十四阿呵，
战马战象也有一亿一千多，
士兵个个都英勇善战。

战车和战马装备精良，
仅战车就有一亿多辆，
由十位国王亲自统率，
他们走在军队最前方。

他们不知道勐达腊迦深浅，
以为十个勐打一个勐不难，
个个以为稳操胜券，
士气高昂满怀希望。

将领个个心怀鬼胎，
争先恐后走在军队前方，
以为很容易就可以消灭敌人，
就可以得到八位美丽姑娘。

因此他们表现都很勇敢，
不惜代价进行一场血战，
只要能把美女夺到手，
流血牺牲又何妨。

有个官员名叫贺腊满，
是巴罗的得力干将，
他对巴罗忠心耿耿，
他的任务是巡视各个地方。

各个国家他几乎走遍，
他掌握了各国的情况，
什么消息他都搜集，
是一个万事通的大官。

他搜集到各种各样的消息，
回来之后进行细致分析，
然后向帕巴罗禀报，
供帕巴罗研究参考。

这次他探听到的消息很重要，
他发现十个勐正在调兵遣将，
要对勐达腊迦进行偷袭，
想争夺八位姑娘。

他搜集到这个消息之后，
立即返回向帕巴罗禀报，
他认为这个情况很严重，
提醒巴罗要重视。

他提供的情报非常详细,
包括各勐出动兵力有多少,
还有各个国王的情绪,
以及他们的兵马何时到。

帕巴罗认为形势危急,
立即禀报父亲和帕亨达王爷,
老王爷听后非常重视,
立即召集王宫各位大将。

他把文武百官召集到宫廷,
同大家一块商量,
要求官员们马上开始行动,
立即进入战备状态。

他们马上写信通知各勐,
信使带上急信奔赴四方,
信件还传到勐兰卡和勐迦湿,
这两个大勐是重要友邦。

不久各勐的国王都已到齐,
总共有二十八个大勐的国王,
他们商量好作战方案,
立即回国调集精兵强将。

各国兵马先后到达勐达腊迦,
都来参加勐达腊迦保卫战,
兵马共有六十八阿呵,
兵力强大士气高昂。

所有参战的军人都想露一手,
他们是训练有素的精兵强将,
军队一到就立即修筑工事,
挖战壕筑碉堡非常繁忙。

勐达腊迦四周布满军人,
每个路口都有人放哨站岗,
他们斗志旺盛一丝不苟,
看起来个个都是英雄好汉。

他们摩拳擦掌同仇敌忾,
决心把侵略者消灭光,
他们有用不完的力气,
不消灭敌人绝不下战场。

王爷对他们都有恩,
王爷福气保佑他们成长,
他们都知恩图报,
要在战斗中贡献力量。

听吧,哥要接着歌唱,
讲那十勐联军如何作战,
他们不知天高地厚,
来势汹汹自以为能打胜仗。

他们率领三十四阿呵将士,
沿着那条遥远的道路走来,
日夜兼程赶往勐达腊迦,
想用战争争夺天仙美女。

一路上大队人马扬起漫天灰尘,
遮天蔽日把天空弄得非常灰暗,
迷漫的灰尘好比一万层天花板,
挡住了太阳光白天变成了黑夜。

象吼声和马嘶声交织一起,
他们来到勐达腊迦,
马上布阵把勐达腊迦围住,
然后派人送信给帕亨达:

"帕亨达国王,
你们是要把白华盖交给我们,
同我们建立友好邦交呢,
还是要和我们为敌互相交战?"

帕亨达王爷回答说:
"我是一个堂堂的大君主,
我怎么可能向你们投降?
本王就让利箭去投降你们吧!"

愤怒中的帕亨达王爷,
指挥将士们引弓射箭,
顿时万箭齐发如狂风暴雨,
目标直取对方的军队。

将士们用萨哈萨它麻神弓射向敌军,
不一会就射死敌军一百万士兵,
射箭声和喊杀声响彻山谷,
仿佛山崩地裂一般。

十勐联军用火箭射向勐邦果联军,
勐邦果联军的士兵也被射死三十万,
帕那罗延那闻讯赶来,
立即用仙水施救。

那三十万将士全都复活,
又拿起兵器参加战斗,
十个勐的联军见后目瞪口呆,
感叹勐邦果太厉害。

帕雅韦迭哈兰又发动进攻,
架起一万门大炮要万炮齐轰,
那架势似乎要一口吞没勐达腊迦,
胆小的人被吓得全身哆嗦。

帕那罗延那见后又施展神通,
他口念神咒一场暴雨从天而降,
大雨倾盆没完没了,
把那些大炮全部淹没。

这下急坏了帕雅桑卡拔,
大炮火药被水浸透变成废物,
只好改用弓弩和土枪射击,
战场的局势有了明显的扭转。

战斗再次打响,
双方只能使用弓箭刀枪,
双方的飞箭密如暴雨,
这一仗死伤多达百万。

勐邦果联军的兵将，
个个都是久经沙场，
他们经验很丰富，
打起仗来也很勇敢。

勐达腊迦的战壕和碉堡很管用，
经受攻击安然无恙，
敌人无法靠近战壕和碉堡，
这一仗敌军又有大批死伤。

十勐联军只能用弓弩射击，
远距离同勐邦果联军作战，
韦迭哈兰用铜板箭射帕亨达，
帕亨达闪身避开。

两军交战都只能射箭，
双方的将士相互对射，
那弓箭射击声响彻云天，
飞箭密集如雨让人无法躲闪。

帕丙比桑使用那腊牙神弩，
射死敌军三十万，
桑卡拔用铜板箭反击，
这边的士兵避开没人中箭。

十勐联军用箭齐射巴罗的士兵，
巴罗的士兵避开也没被射中，
帕巴罗用那腊牙神弩射向敌军，
敌军的一百万士兵全部倒下。

昆代也向敌军射箭，
一箭就射死敌军三十万士兵，
至此入侵者已经一筹莫展，
想攻占勐达腊迦完全不可能。

看到勐邦果兵力如此之多，
比他们的兵力整整多了一倍，
他们自以为兵力强大，
如今一比才知道已经失算。

帕雅韦迭哈兰还想挣扎,
又使用他得意的铜板箭,
铜板箭射向勐邦果联军,
射死勐邦果联军将士三十万。

帕那罗延那又及时出手,
用仙水洒在他们身上,
三十万将士又全部复活,
拿起兵器又与敌人打仗。

帕亨达王爷越战越勇,
用那腊牙神弩向敌军射击,
再加上帕那罗延那施展法力,
敌人的一百万士兵瞬间倒地。

两军对战持续了两个月,
十勐联军已看不到一丝胜利希望,
他们的粮草也全都耗完,
再打下去可能回不了家乡。

那些骑马骑象的大将,
在坚固的碉堡前感叹,
他们无法施展才干,
没有机会进行刀光剑影的近身战。

勐达腊迦依靠有利地形,
同敌人打起持久战,
他们利用拖延的办法,
消耗敌人的有生力量。

塔卓达国王处境很被动,
他又召集首领一道商量,
他已意识到勐达腊迦的意图,
想要打赢恐怕不那么简单。

侵略者长途作战,
粮草供给有困难,
如果战争再拖下去,
没准他们会饿死战场。

因为打不进有粮食的平坝，
他们的粮食供应有困难，
后方的粮草也供给不上，
这种局面很难堪。

如果再打这样的战争，
连水源供应也有困难，
一旦士兵没有水喝，
又饥又渴怎么打仗？

眼看大部队被拖垮，
将领们心里很惊慌，
边界上的寨子很少，
少数人家里也是空荡荡。

勐达腊迦进行全面封锁，
这是王爷的高招，
敌人不得已只好撤退，
头目们在暗地里商量。

勐邦果联军的士兵在碉堡里，
就像住在家里一样，
他们有粮食有水喝，
天冷时还能生火取暖。

要坚持多久也没问题，
他们以逸待劳不慌张，
敌军的状况很恶劣，
只能在野外生火做饭。

敌军眼看挺不住，
只好趁黑夜撤离战场，
等到天亮的时候，
战场已经空荡荡。

只留下横七竖八的大炮，
他们没力气带走，
只能各自带部下逃遁，
一个个就像丧家犬。

可怜的是那些伤兵,
手残脚断没人管,
有不少伤残的士兵,
被丢弃在野外大声哭喊。

军队撤退时很狼狈,
怕有追兵命难保,
撤退时个个慌慌张张,
好像灾民在逃荒。

他们惊慌的神情,
就像遇上雄鹰的斑鸠鸟,
又像羊群遇上恶狼,
只顾往前奔不敢向后瞧。

当第二天太阳升起的时候,
伤兵的哭喊声十分凄惨,
他们叫天不应入地无门,
后悔当初不该跟着来打仗。

帕亨达王爷听到哭叫声,
便派人去观察动静,
派去的傣兵到了现场,
发现是众多伤兵在喊救命。

他们还看到战场丢弃的兵器,
那情形令人心酸,
派去的人回来禀报王爷,
王爷听后立即下达命令:

"敌人丢下的兵器全搬回,
受伤的士兵抬到王城里,
用神药把他们治好,
我们应该积德行善。

"他们都是无辜的人,
受帕雅的指使前来打仗,
能救活的一定要救活,
让他们回乡见爹娘。"

受伤的人都被治好,
没有留下半点伤痕,
恢复了他们的原貌,
好像没有受过伤一样。

他们在生活上还受到优待,
一个个感动得热泪盈眶,
他们说今生遇到了好人,
王爷是他们再生的爹娘。

他们托王爷的福气,
很快恢复身体健康,
受伤的士兵全部存活下来,
纷纷跪在王爷面前谢恩。

这些俘虏深有感触,
帕亨达王爷为什么百战百胜,
因为他有宽广的胸怀,
他与人为善对人心诚。

帕亨达王爷武艺高强,
所以他每次都打胜仗,
他道德高尚积德行善,
所以他的势力越来越强大。

伤兵们痊愈之后感激涕零,
他们请求王爷宽恕犯下的罪行,
请求王爷饶了他们的小命,
把一切罪过推到韦迭哈兰王身上。

帕亨达王爷非常明智,
他不是一个糊涂王爷,
他宽恕了俘虏的罪行,
对他们全部实行赦免。

王爷还发给他们路费,
让他们返回家园,
同家里亲人团聚,
共享天伦之乐。

俘虏们对王爷感恩戴德,
王爷的恩情他们将永世不忘,
他们辞别勐达腊迦,
依依不舍地起程返乡。

他们获得第二次生命,
个个心情都很舒畅,
他们发誓回去后不再当兵,
好好做人积德行善。

佛祖世尊讲完这段故事,
就对众比丘说:
"众比丘啊,
真是红颜祸水呀!

"因为巴罗的女儿漂亮,
由此引来众人求爱,
因为没能娶到美女,
结果引发了一场战争。

"帕亨达不是好惹的,
他调集了众多将领士兵,
共有六十八阿呵,
并给将士们配备精良兵器。

"帕亨达派人击鼓传令,
让六十八阿呵将士上阵,
进入阵地迎击敌人,
展示一个大国强大的实力。

"这时那十位国王也上阵,
率领三十四阿呵将士,
气势汹汹发起攻击,
战象吼叫战马嘶鸣。

"这些人都不自量力,
为美女而战也不害臊,
战争震动了整个勐邦果,
结果侵略者以失败告终。"

第六十九章
王爷仙逝名永存
举国哀悼祭英灵

帕亨达置身于十王道,
他身体力行言传身教,
　　常常教育官员和子孙,
　　人们对此津津乐道。

他要求亲戚儿孙和王官,
说话做事都要讲究规矩,
　　一定要遵循十王道,
　　这样世道才不会混乱。

　　因此在勐邦果全境,
　　各勐各寨从没有争端,
　　边界和领地都稳定,
　　各寨各勐像兄弟一般。

不会认为自己是强者,
非要争强斗胜高高在上,
　　更不会像强盗进行抢掠,
　　相互争夺领地和财产。

　　勐邦果全境很安宁,
民众之间像亲戚一样来往,
　　从来也没有发生过争斗,
彼此之间不需要任何防范。

勐兰卡和下属五个岛国,
都受到帕亨达王爷影响,
　　严格遵循十王道,
　　和睦相处不会无理取闹。

岛国的人对王爷有好感,
时常乘坐海船到勐邦果,
在这里做生意赚钱,
出售他们的鱼虾和珍珠。

勐邦果与勐兰卡建立邦交,
同其属下四岛国也友好,
彼此像走亲戚一样往来,
和睦相处没有任何争端。

此后帕亨达又有新主意,
派人把王亲国戚召进宫来,
要与他们商量大事,
他要确保王族血脉千秋万代。

老王爷要操办曾孙儿孙女的婚事,
要撮合昆代和巴罗的儿女联姻,
为两兄弟儿女们灌顶洗礼加冕,
完成这件大事他才能放心。

帕亨达王爷和王亲国戚们,
商议了巴罗儿女的婚事,
昆代儿女的婚事也一块办,
曾孙儿曾孙女的婚配非常完美。

王爷的意思是要延续香火,
使家族的血脉世代传下去,
他考虑周到讲究完美,
他不想在有生之年留下遗憾。

昆代的儿女,
帕巴罗的儿女,
他们都是帕亨达曾孙辈,
他们都是王族的血脉后代。

他们都和父母一样,
有非常美丽的容貌,
都不食人间烟火,
身上没臭味不出汗。

婚事定下之后，
王亲国戚开始奔忙，
准备婚礼的一切事项，
要为他们洗礼灌顶拴线。

帕巴罗和昆代兄弟俩，
先为各自儿女们拴线祝福，
然后长辈和王亲参加婚礼，
为他俩的孩子灌顶洗礼加冕。

王亲国戚参加完婚礼，
就向帕亨达王爷告辞，
陆续返回自己的勐里，
王子和公主的婚礼很圆满。

请听吧，众乡亲，
现在哥哥故事没讲完，
还要讲勐达腊迦的老王爷，
讲君王继位等情况。

传说帕亨达王爷这个王族世家，
从帕雅曼塔杜掌伽瓦帝时算起，
传到帕亨达王爷已有不少年代，
族谱记载为第一百四十六世王。

这一百四十六世君王，
都是定都在勐邦果王城，
他们享受着王家的财富权力，
管辖着一百零一个勐的政权。

这时候帕亨达年事已高，
他的年岁已有五百八十万岁，
他常教育众帕雅和臣民，
要立身立德与人为善。

要不断坚持做布施，
要持守五戒和八戒，
要不停地行善积德，
这样才会有好报。

各勐的帕雅和臣民们,
都遵照帕亨达的训诫,
每个人都行善积德,
始终持守五戒和八戒。

帕亨达王爷或许早有预感,
年满五百八十万岁时得了重病,
臣官们赶忙派人送信,
把信送到各个勐和联盟友邦。

帕亨达重病消息传到各地,
农板和婻西丽芭都玛接到消息,
急忙备好金银财宝带好礼盘,
骑上神马从勐迦湿匆匆赶来。

帕雅丙比桑和婻迪芭玛丽王后,
帕巴罗和婻玛娜维佳及婻乌莎等,
也从勐邦果匆匆赶到勐达腊迦,
去看望患重病的帕亨达大君王。

纳林答和他的王后,
布塔和他的王后,
坦麻和他的王后,
桑卡和他的王后。

他们都带上孩子,
匆匆忙忙赶来看望老王爷,
他们都是王国的大将军,
也是勐邦果大联邦的栋梁。

赶来的还有帕罗和帕约及念达辛,
有索利瓦和加拉韦扎及阿皮伦,
有萨哈嘎帝和济达奴帕及萨帕丢瓦,
他们一听到消息都匆忙赶来。

帕雅术念答和尖答,
也骑着骏马很快赶到,
五个大岛国的帕雅也接到消息,
都放下所有事务匆忙赶到。

勐兰卡的帕雅也赶来,
帕亨达王爷是他们大恩人,
他们对帕亨达王爷感情深似海,
一听到消息就备重礼匆匆赶来。

所有的王亲国戚都已到齐,
全都守在帕亨达王爷身旁,
请来最好的傣医为他治病,
无奈帕亨达王爷年寿已尽。

他五蕴分散与世长辞,
转生到另外一个世界,
王爷离开他这片国土,
离开他最心爱的巴罗。

帕亨达王爷寿终后,
转生到梵天界里,
成为一位那罗延梵天神,
守护天界关注着人世间。

他在梵天界仙龄很长,
据说长达八千四百劫,
不过这些都是后话,
凡人要千万代后才知道。

帕亨达王爷仙逝后,
众帕雅和王亲奔丧,
丧礼由丙比桑主持,
举国上下为之哀悼。

为帕亨达做了金棺,
金棺按最高规格特别讲究,
金棺外面披金戴银,
全用金银和玉石来镶嵌。

金棺做好后举行隆重仪式,
把帕亨达的遗体装入金棺,
接着又做金祭宫,
祭宫外同样镶嵌宝石金银。

做好金祭宫又做四座小塔楼,
每座小塔楼都用金子做成,
全部镶上玉石和金银的图案,
四座小塔楼放进金祭宫里。

金棺里铺上昂贵的毛织布,
毛织布涂上了一百层蜂蜜,
再用毛织布,
把帕亨达的尸体包裹起来。

接着用水银灌进他的嘴里,
做完这些才把尸体装进金棺,
人们将金棺木和金祭宫,
抬到离王城有五十庹的地方。

王亲国戚共同守护,
每天上香祭拜为之守灵,
祭拜的人每天络绎不绝,
有各勐百姓、帕雅和臣官。

帕雅丙比桑下令工匠,
在勐达腊迦王城的北边,
砌一座宽五庹高两庹的高台,
高台屹立在二十庹宽的地方。

高台中间留了一个圆坑,
圆坑里存放金祭宫,
然后再做一个大祭宫,
把大祭宫盖在圆坑上。

再用绸布把祭宫全部装饰好,
把这里作为帕亨达永久墓地,
供王族子孙世世代代祭拜,
供爱好和平邻邦前来瞻仰。

话说正在修行的帕农,
得知自己的父亲去世,
就离开雪山林腾空飞行,
很快飞到勐达腊迦王城。

帕农进入王城，
见到父亲的遗体，
内心充满伤痛，
向父亲遗体跪拜。

他跪拜许久才起立，
坐在铺好的蒲团上，
此时的帕腊西很悲痛，
未能报答父亲养育之恩。

休息一会之后，
帕腊西开始念经，
念诵《乌达南》偈语：
"苦、空、无常、无我。"

金棺还没有盖上，
众王官和亲戚守灵，
尸体停留了两个月，
供万众前来瞻仰和祭拜。

勐邦果的臣民非常多，
从四面八方来到这里，
都要为帕亨达王爷送葬，
规模宏大盛况空前。

勐邦果所有王官和王亲，
由王太后和丙比桑带领，
向帕亨达王爷遗体上香祭拜谢罪，
这是入葬前一项庄严仪式。

丙比桑派人击鼓，
通告众王官和王族说：
"臣民们呀，
下面将举行谢罪仪式！

"我们将向帕亨达君王忏悔，
向大君王上香祭拜谢罪，
请大家各自带着鲜花和蜡条，
走到帕亨达君王遗体前。"

丙比桑拿了个大金盘，
然后对自己的儿女说：
"巴罗和昆代，
农板和西丽芭都玛听着。

"还有我的九位儿媳妇，
以及所有的孙儿孙媳，
大家都一块走过来，
向你们的爷爷老爷爷祭拜！"

丙比桑说完之后，
让大家跟在他的后面，
围着金棺祭宫转了三圈，
转回原地后再跪下祭拜。

已经出家的帕腊西没转圈，
他趺坐面对金棺，
念诵《乌达南》偈语：
"苦、空、无常、无我。"

接着丙比桑开始谢罪，
他向父亲祭拜请罪：
"奴的父亲陛下，
最负声誉的大君王啊！

"父王已经离开孩儿们，
现在奴代表所有的儿孙，
包括众亲戚和臣民们，
在这里向父王您请罪。

"在父王生前如果我们不敬，
曾经说过对父王不敬的话，
曾经做过得罪父王的事，
都会成为我们将来的罪孽。

"所以来向父王上香祭拜，
向父王您诚恳道歉，
向父王您真诚请罪，
请求父亲原谅我们的一切过失。

"父王啊，
请宽恕我们大家的罪过吧，
别让这些罪孽留在我们身上，
别让这些罪孽带到我们来世。"

帕雅丙比桑说完，
就与大家一起端起金盘，
将盘中的米花和鲜花，
慢慢地撒在金棺上。

王官亲戚们接着祭拜请罪，
向帕亨达上香祭拜请罪后，
仪式进入下一项，
请比丘们来带领送葬入殓。

他们准备了百件毛料衣和粪扫衣①，
还有百匹白布和槟榔茶叶等，
把这些物品都备齐之后，
就请来一百位比丘。

之后击响大鼓，
送葬队伍开始出发，
八万头配有金座的象队先行，
大象队走在送葬队伍最前面。

紧接着是八万匹马队，
全都装饰着金色马鞍，
接下来是大型仪仗队，
手持枪剑等五种兵器。

仪仗队紧跟马队后面，
接下来才是直系亲属，
嫔妃宫女们都泪流满面，
跟在仪仗队后缓缓而行。

---

①粪扫衣：又名衲衣，乃火烧衣、牛嚼衣、鼠啮衣、死人衣、月水衣等等之衣。因取人弃之不用与拭粪的衣片，洗净之后补纳成衣，故名"粪扫衣"。粪扫衣之功德，在于使人离贪念。

众帕雅和臣官护送着祭宫和金棺,
从北门出发沿途走出六十庹,
一路念经一路哭泣一路哀歌,
到了堆放焚尸柴堆的火葬场。

然后比丘们面对遗体,
诵经滴水超度亡灵,
比丘们诵经超度亡灵后,
这一仪式宣布结束。

丙比桑就拿出粪扫衣,
布施给那一百位比丘,
比丘们接过粪扫衣,
就离去返回自己的寺院。

接下来王官和亲戚们动手,
一起堆放好檀香木柴,
将祭宫抬去摆放在木柴上,
再在木柴架上铺放蘸油白布。

接着又一起把白布点燃,
随后一起从右边绕火堆环拜,
大家边哭泣边环拜了三圈,
最后才默默地肃立在火堆旁。

大家在四周注视着焚尸情况,
当柴堆焚尽烧光尸体之后,
王官亲戚们用水把火浇灭,
然后在火炭里拾起洁白遗骨。

他们将遗骨装在金盒里,
这个金盒重达一千斤,
把金盒盖紧封好之后,
再放进石棺里。

他们在石棺上镶满七种珠宝,
再将这副石棺放进墓穴里,
然后将墓穴完美地封好,
不留下半点瑕疵和遗憾。

入殓仪式结束之后,
更大的仪式和事情在后面,
还要在墓穴上面建纪念塔,
纪念塔的规模非常宏伟。

纪念塔全用砖头砌起,
纪念塔高达十五庹,
用沙浆把塔身粉刷一遍,
在塔身上镶满宝石和金子。

纪念塔装饰得金光灿烂,
如同一把光辉的倚天宝剑,
纪念塔大功告成之后,
王官亲戚才一起返回王城。

第二天早晨,
王太后带着王官亲戚,
请来了一百位比丘,
备了一百件衣服和资具。

还有各种各样饭菜食物,
为帕亨达滴水祈祷福运,
同时把那些备好的物品,
祭献给帕亨达王爷享用。

比丘们滴过水做完祭献,
并接受了王后的布施,
最后比丘们念诵偈语:
苏滴能万大灭搭能尼巴能巴措芒苏康①。

祭献仪式完成后,
比丘们回到寺院,
丧事到此全都办完,
王官亲戚们相互道别。

---

①苏滴能万大灭搭能尼巴能巴措芒苏康:巴利语,意为善施与你的物品,请带到最高的极乐境界涅槃中去吧。

佛祖世尊讲完这段故事,
感慨地对比丘们说:
"众比丘啊,
一代君王就此走完人生历程。

"他的子孙们做完悼念仪式后,
将老王爷进行火化,
他们还建了宏伟的纪念塔,
供后人对老王爷永久纪念。

"之后嫡苏塔尼提娜王太后备了衣服,
还有各种式样的物品和食粮,
请一百名比丘前来滴水祭献,
把福分带去给帕亨达王爷。

"至此帕亨达的丧事葬礼全部完成,
王亲国戚们先后告辞回去,
王太后的丧夫之痛依然还在,
儿孙们不放心又留下来作陪。"

第七十章
帕亨达家族兴旺
勐邦果王位世袭

ပႃႈ ၶီႈ ၇၀ ဝိရျႃႇၵၢင်ႇတႃႇငၢင်ႉၶႃႉ
မိူင်ႇဘၢႇပေႃႇၸသျႂ်ႉသၢႆ

听吧,各位乡亲,
我要讲的故事还没完,
虽说已经接近尾声,
我还要一鼓作气往下讲。

我要继续讲未完的故事,
还是围绕帕亨达家族,
婻苏塔尼提娜王太后请来比丘,
请百名比丘滴水祭献。

把福分带给帕亨达王爷,
此时王太后心里才稍安,
帕农也告辞众亲人,
返回雪山林里继续修行。

亲戚们也各自返回勐里,
各自的生活转入正常,
岛国的所有帕雅,
也乘上帆船返回家乡。

子孙们还陪伴在王太后身边,
陪婻苏塔尼提娜再住一段时间,
他们担心王太后丧夫孤单,
需要时间治疗心灵的伤痛。

帕亨达的丧事办完之后,
王太后觉得还有件事要办,
她就派人去通知王亲国戚,
把大家召集到王宫里来。

帕雅和王官们先后到达,
其他人也很快集中到王宫里,
嫡苏塔尼提娜王太后看人员已到齐,
忍住悲伤对帕雅和臣官讲:

"各位亲戚和王官们,
老王爷已经离开人世,
我的年纪也不小,
有件大事我得提前处理。

"爷爷和奶奶有不少金银钱财,
总共计算起来有八千万万,
其中有四千万万的金子,
还有四千万万的银子。

"奶奶留那么多钱没啥用,
现在要把这些钱进行分配,
我打算把这些金银分成四份,
每份各有两千万万。

"我首先要分给帕巴罗,
他是勐邦果国王,
他要治理勐邦果联邦,
我要分给他金银两千万万。

"我自己要留下一份,
作为我晚年生活的用度,
还有一份分给媳妇和孙辈,
由他们自己去分配。

"剩下的一份,
分给各位帕雅和臣官,
以及婆罗门国师们,
他们都是为国效力的好忠臣。

"这些钱你们自己去分配,
我就不再去操这个心,
希望你们继续效忠尽力,
像王爷没去世时一样操劳。"

帕亨达王爷逝世之后,
婻苏塔尼提娜王太后抑制悲伤,
她把夫君留下的财产进行分配,
这样做后觉得轻松好多。

农板和婻西丽芭都玛准备回乡,
他们告别婻苏塔尼提娜奶奶,
告别父母亲和所有亲戚,
然后带着随从返回勐迦湿。

王爷帕亨达去世之后,
帕巴罗没有辜负期望,
精心治理着勐邦果联邦,
勐邦果变得更加繁荣富强。

百姓生活幸福安康,
人们自由地做着生意,
粮食年年都获得丰收,
国富民强人丁兴旺。

帕巴罗遵照爷爷教诲,
用佛教思想治理勐邦果,
年年风调雨顺,
像爷爷在世时一样。

帕巴罗还有个新的计划,
在勐达腊迦建六座布施亭,
同勐邦果的布施亭一样,
他的想法大家一致赞成。

每道城门各建一座布施亭,
在王城的中间也建一座,
在王宫院外门旁也建一座,
这一座要建得比较美观。

经过紧张的施工,
六座布施亭全建成,
布施亭建好之后,
他们就开始做布施。

每天都要布施六十万两金，
还要布施六十万两银，
天天如此从未间断，
王家的美名到处传扬。

布施延长了王太后的寿命，
婻苏塔尼提娜活到五百一十万岁，
那年婻苏塔尼提娜也患上了重病，
不久就离开人世魂归西天。

婻苏塔尼提娜死后上了天堂，
转生到梵天层，
帕丙比桑等王亲国戚，
为婻苏塔尼提娜殓尸送葬。

婻苏塔尼提娜的丧事办得很隆重，
跟她的丈夫帕亨达王爷的一样，
他们把婻苏塔尼提娜金棺放在祭宫，
从王城的北门抬出去火化。

然后把婻苏塔尼提娜的遗骨收好，
安葬得像帕亨达王爷一样，
也在墓穴上砌了座纪念塔，
塔高十庹装饰得华丽堂皇。

他们还铸了一尊王爷金像，
摆放在她的纪念塔上，
仿佛夫妻俩又生活在一起，
也给来朝拜的人提供方便。

王太后的丧事，
全都按照勐邦果习俗办，
也是历代传下的王家规矩，
一样都不缺一样都不漏。

帕丙比桑享尽人间福寿后，
五百万岁时也离开了人世，
也转生到了梵天层里，
在极乐世界过着神仙日子。

帕丙比桑的丧事举办,
全按照王家的习俗规矩,
也是一样不多一样不少,
办得非常隆重非常风光。

婻迪芭玛丽也学婆婆,
分配帕丙比桑留下的财产,
分给子孙和其他亲戚,
分给众帕雅和臣官。

婻迪芭玛丽王后自己留一份,
同儿子巴罗一起生活,
巴罗非常孝顺亲娘,
婻迪芭玛丽晚年很幸福。

帕巴罗是菩提萨尊者,
他每天都带着仙妻,
不停地做布施,
将粮食和物品布施给穷人。

帕巴罗的五位仙妻,
她们的钱财用不完,
多得超过一千呙帝,
布施可以长期做大量做。

帕巴罗派人送信,
诏告整个南赡部洲,
告诉天下所有的人,
他在行善积德做布施。

无论谁想得到金银钱财,
都可以到他这里接受布施,
谁有困难和需要,
他都非常乐意帮忙。

为此很多人慕名而来,
到勐邦果讨要金银钱财,
民众来自各个地方,
他们都能如愿满载而归。

帕巴罗教导勐邦果臣民,
叫大家不要轻视行善积德,
让大家一起来做善事,
这样做一定会得到善报。

比如说布施或持戒,
大家只要每天做布施,
不断持守五戒和八戒,
心灵就会得到慰藉。

巴罗和昆代两兄弟,
不仅都长得英俊美貌,
都法力无边,
他俩的福德也广大无量。

他们的美名天下传扬,
各国的国王对他俩无比崇拜,
不断地派人送贡品和礼物,
去献给帕巴罗和昆代做布施。

现在呀哥还要回过头来讲,
讲帕亨达转生梵天界情况,
帕亨达老王爷呀,
他到梵天界后日子过得怎么样?

他转生到梵天界的色究竟天,
与六层天界中的亲戚们相伴,
那里整天莺歌燕舞,
没有忧愁也没有病患。

他的六位兄弟,
都有广大神通和法力,
他们在梵天界关注着凡间,
关注勐邦果的子孙后代。

帕亨达寿命特别长,
他在梵天里的仙寿,
长达六千劫,
换算成人间岁数大得无法计算。

如果还要追根究底,
恐怕得到古佛经中去找,
因为现代人无法说清楚,
古佛经能把来龙去脉说端详。

为何色究竟天层的天神命长?
那罗延梵天神的仙寿会有六千劫?
只能到古佛经里才能找到答案,
说清楚后你就会豁然开朗。

请听阿哥慢慢讲,
《论藏》这样记述,
四天王天里的神仙们,
他们的寿限是五百仙岁。

假如换算成人间的岁数,
那就是长达九百万岁,
按照《论藏》里记述,
忉利天仙界的神仙寿命更长。

他们的寿限是四天王天的两倍,
也就是五百仙岁再加五百仙岁,
即一千仙岁那么长,
这样长的寿命令人不可思议。

如果换算成人间的岁数,
那就是一千八百万岁,
平常称呼皇帝为万岁爷,
这样一比还是神仙好。

因为帕那罗延那神王,
转生在色究竟天里,
他的寿限有六千劫那么长,
为此他才有如此大的能量。

帕那罗延那法力无边,
能随心所欲去保护勐邦果,
使勐邦果能无敌于天下,
他可以惩治任何妖魔鬼怪。

帕巴罗在勐邦果享受君王风光,
到五百八十万岁时才离开人间,
他转生到梵天界里去,
过着无忧无虑的神仙生活。

那些王族的后代们,
无论是女儿还是儿子,
是孙子还是孙女,
婚丧继位都按习俗办理。

勐邦果的王位代代相传,
全都是王族后裔继承,
一百二十一个勐也是这样,
王族的血脉从没间断。

尾声

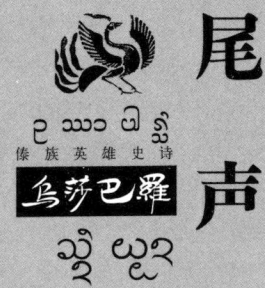

听吧,各位乡亲,
现在哥的故事已讲完,
哥要把故事进行结尾,
如实讲述一点没隐瞒。

阿哥所唱的故事,
全部出自贝叶经书,
是知晓一切的世尊,
为弟子讲经时传唱。

尾声

阿哥传唱的勐邦果,
是一百二十一个勐的总称,
它管辖一百二十一个勐,
听起来复杂其实简单。

他们按照古老习俗,
让子孙继承王位治理国家,
把王族血脉不断延续,
王权代代相传从不旁落。

现在呀哥要原原本本,
从头到尾地梳理一遍,
毫无保留将它歌唱,
让人们都知晓其中因缘。

这个《佛本生经》故事,
出自一位长老之手,
他名叫摩诃腊记达听,
全部用巴利文记述。

就在那个时候，
有位虔诚的信徒，
他名叫术卡瓦哈，
他是个值得尊敬的有心人。

他尊崇佛、法、僧三宝，
是个有福德的善施者，
他的出生地名字很长，
叫哈利盆宰牙那管。

他得到《佛本生经》故事后，
把它刻写在贝叶上，
他做了件大好事，
后人永远会记住他。

通晓一切佛祖涅槃后，
世尊的大弟子舍利弗长老，
便把《佛本生经》故事里的内容，
从头到尾讲给众人听。

佛祖世尊对比丘们说：
"众比丘啊，
当我多次轮回于人世时，
多次遇到战争混乱不堪。

"我觉悟成佛的时候，
那些魔王用枪剑刺杀我，
还用弓弩等兵器射杀我，
我泰然处之不以为然。

"比起前世的几场大战，
这只是小打小闹微不足道，
虽然他们一次也没得逞，
我也得进行必要的防范。

"那些枪剑和弓弩等凶器，
不只是现在的时代里有，
在古代也都是一样，
所以我不觉得稀罕。

"当我轮回于世的时候,
　　转生为帕巴罗菩提萨,
　也就是我生活的那个年代,
　　刀光剑影确实令人心寒。

"就在四场大战之中,
　我接触过弓弩和枪剑,
　还有火箭等这些凶器,
　　那真是令人恐惧。

"现在回想起来都叫人害怕,
一回想那情景头皮都会发麻,
所以说人世间就那么复杂,
　　什么事都可能发生。"

　　　　　请听吧,
　　佛祖世尊继续说:
"劫持嫡乌莎的韦扎团,
　为何敢如此狂妄?

"因为是前世的因缘,
　在我轮回转世时,
　他也会随我转生,
多次与我相遇且成为敌人。

"他其实现在还健在,
　就是提婆达多长老,
　那个毕亚沙王子,
　过去曾经作恶多端。

"如今他也有洪福,
　与我一起转世投生,
　　这个人如今还在,
　便是迦留陀夷长老。

"那个帕板捧麻典国王,
　就是现在的善觉王了,
　那个帕农板王子,
　他已经轮回转世。

"就是现在的优陀夷长老,
他现在就在我的身边,
那位帕亨达王爷,
就是那个狮子颊王①。

"他是现在净饭王②的父亲,
帕亨达王爷的妻子,
婻苏塔尼提娜王太后,
就是现在的善女毗舍佉了。

"帕农现在也健在,
就是舍利弗长老,
是我的右侍弟子,
还得称呼我佛爷。

"帕雅丙比桑就是净饭王,
是我如来佛的父亲,
婻迪芭玛丽,
就是现在的摩耶夫人。

"也就是我如来佛的母亲,
或许你们连做梦也没想到,
帕亨达的儿子纳林答,
就是现在的目犍连③长老。

"还有帕巴罗的弟弟昆代,
就是现在的阿难陀④长老,
布塔也依然在世,
就是现在的优波利⑤长老。

"那时的坦麻,
就是现在的须那长老,

---

①狮子颊王:五百罗汉第四百六十一尊,是释迦牟尼的祖父。②净饭王:释迦牟尼佛之父。③目犍连:简称目连,释迦牟尼十大门徒之一,以"神通第一"著称。④阿难陀:释迦牟尼十大门徒之一,以"多闻第一"著称。⑤优波利:释迦牟尼十大门徒之一,以"持律第一"著称。

那时的桑卡,
就是现在的须毗那长老。

"那时的帕罗大将军,
就是现在的迦叶①长老,
那时的帕约大将军,
就是现在的优楼频罗迦叶长老。

"那时的念达辛大将军,
就是现在的迦旃延②长老,
那时的些利大将军,
就是现在的那提迦叶长老。

"那时的天王帕雅因,
就是现在的阿那律③长老,
那时的加拉韦扎,
就是现在的巴故拉长老。

尾声

"那时的阿皮伦,
就是现在的优波难陀长老,
那时的萨哈嘎帝,
就是现在的摩佉长老。

"那时的济达奴帕,
就是现在的睒婆梨长老,
那时的萨帕丢瓦,
就是现在的善觉长老。

"孔雀公主的父王帕雅乌东板,
就是现在的波斯匿王④,
那时的帕那罗延那,
就是现在的鸯崛多罗波长老。

---

①迦叶:释迦牟尼十大门徒之一,以"头陀行第一"著称。②迦旃延:释迦牟尼十大门徒之一,以"议论第一"著称。③阿那律:释迦牟尼十大门徒之一,以"天眼第一"著称。④波斯匿王:与频婆娑罗王同是印度护持佛教的两大国王。

"那时的各位王后王妃们,
那时的各位公主们,
那时的众帕雅和大臣官员们,
还有平民百姓们现在也有原型。

"就是现在的比丘和比丘尼,
还有优婆塞①和优婆夷②等四众,
都是随我而生,
一直在服侍我如来。"

请听吧,各位乡亲,
那位英俊而又神通广大的帕巴罗,
就是要来普济众生的如来佛,
这些是活生生存在的事实。

我所讲述的《乌莎巴罗》故事,
我所吟唱的《乌莎巴罗》之歌,
全部的长诗到此为止,
所有的唱词已经全部唱完。

如果谁有更深的学问,
如果谁有更大的能量,
可接着把长诗唱下去,
可接着我的歌继续唱。

我用经书改编的唱词,
也许语句不通又难唱,
有一些篇章和段落,
不像经书那样顺畅。

如果有什么缺点和不足,
希望各位听众见谅,
敬请各位歌手吟唱时指正,
不要嘲笑和中伤。

---

①优婆塞:即在家亲近侍奉三宝和受持五戒的男居士。②优婆夷:受持五戒的女子。

现在呀,这个古老的故事,
　　阿哥我已经全部唱完,
而且是从头到尾一点没少,
但唱得怎么样不好下结论。

　　因为我没有太多的智慧,
不如那些山里的修行者,
　　没有他们那样的睿智,
也没有他们的知识渊博。

　　阿哥我水平实在有限,
自然没法把故事讲得更精彩,
　　言辞不押韵不顺口不流畅,
只是随口歌唱用以教育后代。

尾声

后记

2008年8月，深圳市委宣传部王京生部长对落实《乌莎巴罗》项目作了重要批示。随后，在深圳市委宣传部的指导下，我社启动了《乌莎巴罗》项目的调研工作。调研工作主要有四个方面：（一）古代文献记载；（二）对作品的价值论证；（三）对版本的研究鉴定；（四）对内容的安全保障。

在云南省西双版纳傣族自治州政府、云南大学贝叶文化中心、西双版纳傣族自治州少数民族研究所的大力支持下，经过近两年时间，我社完成了调研工作，落实了项目立项的有关前置条件。2010年10月我社向深圳市委宣传部递交了调研报告。

2011年，《乌莎巴罗》项目获得了国家出版基金和深圳市宣传文化基金的资助，作品的翻译整理工作全面展开。

《乌莎巴罗》的诗歌唱本，目前被挖掘到的只有大勐龙版本和勐遮版本。经专家研究鉴定，大勐龙版本更忠实于佛教典籍的故事情节。因此，作品的翻译整理工作以大勐龙版本为底本，同时也参照比较勐遮版本，吸纳其中的优点。现在呈现给读者的作品，是综合了两个诗歌唱本的优点而形成的。

本作品的整理工作，遵循中国民间文艺家协会对口头文学整理提出的"忠实记录，慎重整理"原则，保持作品的本来面目、主题和基本情节不变；只是对明显的逻辑混乱和不合理情节，在不改变作品原有的故事情节的前提下，做了必要的加工处理，使作品尽可能完美。

《乌莎巴罗》是傣族民间赞哈艺人的口头文学作品，有着鲜明生动的口头文学特征。我们要求对作品的翻译整理要注意处理好口头文学传统与书面文学传统的关系，注意从口头文学的创编、表演和传承的特殊性和规律出发，在进行口头文学到书面文学的转换过程中，保持和体现口头文学的基本特征。

西双版纳最后一代傣王、我国著名傣语专家刀世勋教授抱病为我们主审了作品；中国佛教协会副会长、西双版纳总佛寺住持祜巴龙庄勐长老，也在繁忙的教务之余为我们主审了作品。我们对两位主审深表谢意并致以崇高的敬意！

云南大学贝叶文化中心研究员、知名傣族文学研究专家秦家华，云南大学教授、中国民间文化遗产抢救工程专家委员会委员李子贤，原云南省民族文学研究所所长赵世林教授等专家，对我们的工作给予了大力支持，我们在此一并表示感谢！

西双版纳傣族自治州民族宗教事务局在《乌莎巴罗》付梓之前，对全书内容进行了审读，在民族问题、宗教问题上审定把关，以确保作品内容完全符合国家的民族政策和宗教政策。对此，我们感到欣慰并表示感谢！

我们的工作难免存在不足的地方，请广大读者批评指正。

2011年12月

图书在版编目（CIP）数据

乌莎巴罗 / 西双版纳傣族自治州少数民族研究所主编.
-- 深圳：海天出版社，2011.12
ISBN 978-7-5507-0353-7

Ⅰ. ①乌… Ⅱ. ①西… Ⅲ. ①傣族－史诗－中国 Ⅳ. ①I222.7

中国版本图书馆CIP数据核字（2012）第006797号

主　　编：西双版纳傣族自治州少数民族研究所
主持翻译：岩　香
翻　　译：刀金平　陆云东　岩贯　依艳坎　玉丹罕　李传宁
整　　理：罗俊新
主　　审：刀世勋　祜巴龙庄勐
绘　　画：（按姓氏笔画）车白　玉管　刘首云
　　　　　　周军　南苏婉娜　靳树阳

乌莎巴罗
Wusha Baluo

出 品 人：尹昌龙
责任编辑：秦　海
整体设计：陈　新
责任校对：陈敏宜　黄海燕　钟愉琼　张玫　李小梅
责任技编：陈炯　蔡梅琴　梁立新
排版制作：深圳市同舟设计制作有限公司

出版发行：海天出版社
地　　址：深圳市彩田南路海天大厦（518033）
网　　址：www.htph.com.cn
订购电话：0755-83460293（批发）　83460397（邮购）
印　　刷：中华商务联合印刷（广东）有限公司
版　　次：2011年12月第1版
印　　次：2011年12月第1次印刷
开　　本：787mm×1092mm　1/16
印　　张：114.75
字　　数：2150千
定　　价：590.00元

海天版图书版权所有，侵权必究。
海天版图书凡有印装质量问题，请随时向承印厂调换。